Le Cahier Gris

푸 른 숲
징검다리
클 래 식
025

회색 노트

Le Cahier Gris

로제 마르탱 뒤 가르 지음
이충훈 옮김

푸른숲주니어

| 기획위원의 말 |

'푸른숲 징검다리 클래식'을 펴내며

어린 시절, 할머니께서 조근조근 들려주시던 옛날이야기는 새로운 세상과 통하는 작은 창이었다. 상상의 날개를 달고 떠나는 창 너머 세상으로의 여행은 들어도 들어도 질리지 않는 재미와 마음속 깊은 곳을 울리는 감동을 선사해 주곤 했다. 그뿐 아니라 우리의 삶을 어떻게 꾸려 가야 하는지 곰곰이 생각해 보게 하는 지혜를 가르쳐 주었다. 말하자면 우리는 그 이야기들을 통해 '삶'을 배운 셈이다.

우리가 문학 작품을 읽어야 하는 까닭 또한 '삶을 배운다'는 점에서 크게 다르지 않다. 우리는 한 편 한 편의 문학 작품을 만나 사랑을 배우고, 우정을 배우고, 진실을 배우고, 지혜를 배운다.

그런 점에서 '푸른숲 징검다리 클래식'은 참 의미가 깊다. 오랜 세월을 거치며 각 나라의 문학사에 확고히 자리매김한 작품들을 한데 모았기 때문이다. 문학을 사랑하는 사람들이 즐겨 읽어 세계적인 명저로 일컬어지는 작품들……. 이를테면 우리 부모 세대, 아니 그 이전 세대부터 즐겨 읽었던 작품들로 많은 이들에게 삶의 의미와 가치를 일러주고, 또 '인생'이란 망망대해에서 등대 역할을 담당했던 것들이다.

세월이 흘러 사람들이 사는 모습도 달라지고 생각도 달라졌다. 그러나 시대와 장소를 뛰어넘어 변하지 않는 것이 있다. 바로 '삶'이다. 사람이 있는 곳이라면 어디든지 존재하는 삶은 항상 저마다의 무게를 떠안고 있다. 그 무게는 진실이라는 옷을 입고 문학 작품 속에 영원한 생명을 불어넣는다. 우리는 그것을 '고전'이라 부른다.

그러나 제아무리 훌륭한 고전이라 해도 독자가 읽고 소화할 수 없다면 아무런 소용이 없다. 지나치게 방대한 분량과 길고 어려운 문장은 책을 읽으려는 청소년들의 의지를 꺾을 뿐 아니라 좌절감마저 불러일으킨다.

'푸른숲 징검다리 클래식'은 바로 그러한 점을 염두에 두고 기획된 세계 명작 시리즈이다. 발표될 당시의 원문을 그대로 옮겨 오는 대신, 작품이 본디 지닌 맛과 재미를 고스란히 살리면서 우리 청소년들이 읽고 소화하기 쉽게 분량을 조절하고 글을 다듬었다.

그리고 본문 뒤에는 현직 국어 교사들이 직접 쓴 해설을 붙였다. 작가나 작품에 대한 풍부한 설명은 물론, 그 작품들이 지니고 있는 현재적 의미까지 상세하게 짚어 보이고 있다. 아울러 해설 곳곳에 관련 정보를 담은 팁과 시각 사료를 배치해, 읽는 재미를 넘어 보는 재미까지 만끽할 수 있도록 했다.

아무쪼록 '푸른숲 징검다리 클래식'을 통해 우리 청소년들의 삶이 더욱더 깊고 풍성해지기를…….

2006년 4월
기획위원 강혜원·계득성·전종옥·송수진

| 차례 |

기획위원의 말 004

제 1 장 비밀이 발각되다 009

제 2 장 아들의 가출 026

제 3 장 이교도의 비애 042

제 4 장 남편의 여자 054

제 5 장 죽음의 늪 071

제 6 장 교환 편지 089

제 7 장 끝없는 방황 106

제 8 장 귀가 157

제 9 장 방황의 끝 181

《회색 노트》 제대로 읽기 201

제 1 장

비밀이 발각되다

보지라르 가(街)의 모퉁이를 돌아 학교 건물을 따라 걷고 있을 때, 여태껏 아들에게 한 마디도 하지 않던 티보 씨가 갑자기 걸음을 멈추었다.

"아! 이번엔 정말, 앙투안, 안 된다, 이번엔. 도가 지나쳐!"

앙투안은 아무런 대답도 하지 않았다.

교문은 닫혀 있었다. 일요일인 데다가 시계는 이미 밤 아홉 시를 가리키고 있었다. 수위가 쪽문을 살짝 열었다.

"혹시 제 동생이 어디 있는지 아세요?"

앙투안이 소리치자, 수위는 눈을 동그랗게 떴다. 티보 씨는 그 옆에서 발을 동동 굴렀다.

"비노 신부 좀 불러 주시오."

수위는 호주머니에서 가느다란 양초를 꺼내어 불을 밝히고는 면회실까지 앞장서서 걸어갔다. 몇 분이 지났다. 티보 씨는 면회실에 들어서자마자 가슴이 답답한지 의자에 풀썩 주저앉았다. 그는 이를 악물고 다시 중얼거렸다.

"이번엔, 너도 알지? 안 된다, 이번엔!"

"실례합니다."

그때 비노 신부의 목소리가 들리는가 싶더니, 이내 안으로 들어섰다. 그는 키가 워낙 작아서 앙투안의 어깨에 손이라도 얹을라치면 자리에서 몸을 일으키지 않으면 안 될 지경이었다.

"안녕하세요, 젊은 의사 선생! 그런데 무슨 일이신가요?"

"제 동생은 지금 어디 있나요?"

"자크 말인가요?"

"아직 집에 돌아오지 않았어요!"

티보 씨가 대뜸 소리를 질렀다. 어느새 그는 자리에서 일어나 있었다.

"그 애가 어디로 갔는데요?"

신부는 그다지 놀라지 않은 듯한 표정으로 되물었다.

"이리로 왔죠, 아무렴! 지금쯤 이곳 어디에선가 벌을 받고 있을 테지요!"

신부는 두 손을 허리춤의 주머니에 밀어 넣었다.

"자크는 지금 벌을 받고 있지 않아요."

"네?"

"자크는 오늘 학교에 나오지 않았습니다."

뭔지 모르지만 일이 복잡하게 돌아가고 있는 듯싶었다.

앙투안은 신부의 얼굴을 뚫어져라 바라보았다. 티보 씨는 어깨를 으쓱해 보이더니, 잔뜩 부어오른 얼굴을 재빨리 신부 쪽으로 돌렸다. 그의 무거운 눈꺼풀은 한 번도 치켜떠진 적이 없는 듯싶었다.

"자크는 어제 네 시간 동안이나 벌을 섰다고 했어요. 오늘 아침에는 평상시와 다름없이 집을 나섰고요. 그런데 우리가 미사를 보러 간 사이, 그러니까 열한 시쯤에 잠깐 집에 들렀던 것 같아요. 집에는 유모밖에 없었는데, 오늘은 여덟 시간 동안 벌을 설 것 같아서 점심을 먹으러 올 수가 없다고 하더라는군요."

"전부 지어낸 말입니다."

신부는 목에 힘을 주어 말했다. 그러나 티보 씨는 계속해서 말을 이었다.

"나는 오후 늦게 잠깐 외출을 했습니다. '르뷔 데 드 몽드(양 세계 평론)' 사에 원고를 갖다 줘야 했거든요. 편집장을 만나 이야기를 나누다가 저녁때가 되어서야 집으로 돌아왔지요. 자크는 그때까지 집에 돌아오지 않았습니다. 여덟 시 반이 될 때까지도 아무런 소식이 없었고요. 걱정이 되어서 가만히 있을 수가 있어야지요. 그래서 병원에서 당직을 서고 있는 앙투안을 불러내어 이렇게 함께 온 것입니다."

신부는 생각에 잠긴 듯 입술을 깨물고 있었다. 티보 씨는 눈을 반쯤 뜨고는 날카로운 눈초리로 신부를 쏘아보다가 앙투안을 돌아다보며 말했다.

"앙투안, 이제 어떻게 해야 하니?"

앙투안이 대답했다.

"아버지, 진정하세요. 만약 자크가 계획적으로 가출한 거라면 사고 같은 건 나지 않았을 거예요."

앙투안을 보고 있으면 왠지 모르게 마음이 놓였다. 티보 씨는 의자 하나를 끌어당겨 앉았다. 그의 민첩한 두뇌는 자크가 갔음 직한 곳을 이리저리 가늠해 보고 있었다. 그러나 통통하게 살이 올라 둔해질 대로 둔해진 그의 얼굴에선 아무런 표정도 드러나지 않았다. 그는 되풀이해 물었다.

"그럼 이제 무엇을 해야 하니?"

앙투안은 곰곰이 생각에 잠겼다.

"오늘 밤에는 딱히 할 일이 없어요. 일단 기다려 봐야죠."

하긴 그랬다. 설사 강압적인 행동을 취한다 한들 지금 당장 해결할 수 있는 것은 아무것도 없었다. 순간 티보 씨는 이틀 뒤 브뤼셀에서 열리는, 자신이 프랑스 지부의 사회를 맡기로 한 정신 과학 협회의 총회가 떠올랐다. 그러자 그의 얼굴에 분노의 불길이 타올랐다. 그는 자리에서 벌떡 일어섰다.

"경찰에 신고를 해서라도 자크를 꼭 찾아내야겠어! 샅샅이 뒤지게 할 거야! 프랑스에는 엄연히 경찰이 있잖아. 나쁜 녀석들은 모조리 잡아들여야지."

티보 씨가 소리를 질렀다.

그의 웃옷은 옆구리 양 옆으로 축 늘어져 있었고, 턱 밑의 주름은 자꾸만 옷깃 사이에 끼어들었다. 그는 고삐에 묶인 채 끌려가는 말처럼 턱을 앞으로 쑥 내밀었다.

"아! 망나니 같은 놈."

그는 속으로 다시 중얼거렸다.

'차라리 기차에 깔려 묵사발이 되었으면!'

그러자 갑자기 자신 앞에 펼쳐진 모든 일들이 다 해결될 것처럼 느껴졌다. 정신과학 협회 총회에서의 연설도 그렇고, 부회장직도 그렇고……. 그러면서 동시에 들것에 실린 자크의 모습이 떠올랐다. 그다음에는 촛불이 켜진 빈소에서 불행을 당한 아버지로서 괴로운 몸짓을 하고 있는 자신과 그런 그를 동정하는 사람들의 모습이 차례로 떠올랐다.

그는 수치스러움으로 몸을 떨었다.

"이렇게 불안한 마음으로 밤을 지새야 하다니!"

티보 씨는 큰 소리로 다시 말했다.

"신부님, 견디기 힘듭니다. 그 아이의 아비로서 이런 시간들을 보내야 한다는 것이 정말로 견디기 힘들어요."

그는 문 쪽으로 돌아섰다. 신부는 허리춤의 주머니에서 손을 빼내고는 눈을 내리깔면서 말했다.

"저, 그런데……."

그때 검은 머리카락에 반쯤 가려진 그의 이마와, 턱으로 내려가면서 삼각형으로 뾰족하게 좁아지고 있는 간사스런 얼굴이 촛불에 비쳤다. 순간 신부의 뺨이 붉게 물들었다.

"실은 아드님에게 문제가 좀 생겼습니다. 오늘 저녁에 말씀을 드려야 할지 말아야 할지 몰라서 망설이고 있던 참입니다. 얼마 전에 일어난 일입니다만, 퍽 유감스런 내용이어서……. 하지만 이번 일하고 연관이 있을 수도 있으니까, 시간이 되신다면 제 얘기를……."

피카르디 지방의 사투리가 신부의 머뭇거리는 어조를 더 무겁게 만들었다. 티보 씨는 대답을 하지 않은 채 의자 쪽으로 돌아와 앉은 뒤 두 눈을 감았다.

신부가 말을 이었다.

"며칠 전 아드님에게서 중대한 결점을 발견했습니다. 퇴학을 시키겠다고 을러도 보았지요. 물론 어디까지나 겁을 주기 위해서 말입니다. 자크 군이 아무 말도 하지 않던가요?"

"그놈이 얼마나 위선적인지 신부님도 잘 아시지 않습니까? 늘 그랬듯이, 집에 와선 한 마디도 하지 않았습니다!"

"아드님에게 중대한 결점이 있는 것은 사실이지만 근본이 나쁜 아이는 아닙니다. 이번에 잘못을 저지르게 된 것은 마음이 여리다 보니까, 자기도 모르게 유혹에 휩쓸려 든 게 아닌가 싶습니다. 말하자면 위험한 친구, 안타깝게도 이 나라의 공립 중·고등학교에는 불량한 소년들이 적잖이 있는데, 바로 그런 친구의 영향을 받은 듯합니다."

티보 씨는 불안한 눈길로 신부를 바라보았다.

"사건이 일어난 순서대로 말씀드리겠습니다. 그러니까 지난주 목요일이었어요."

신부는 잠시 생각에 잠기는 듯하더니, 갑자기 활기찬 목소리로 말을 바꾸었다.

"아닙니다, 용서하십시오. 그저께니까 금요일이라고 해야겠군요. 맞아요, 금요일 아침 자습 시간이었습니다. 열두 시가 조금 못 되었을 때였어요. 저는 늘 하던 대로 교실에 불쑥 들어갔습니다. 말 그대로 불쑥요."

그는 앙투안을 향해 눈을 끔벅였다.

"소리가 나지 않도록 문 손잡이를 재빨리 돌린 다음 벌컥 열어젖혔지요. 교실 안으로 들어서자 자크 군이 제일 먼저 눈에 띄었습니다. 바로 문 앞에 앉혀 두었으니까요. 저는 자크 군의 책상 앞으로 가서 사전을 들춰 보았어요. 놀랍게도 사전 밑에 수상한 책이 놓여 있지 않겠습니까? 당장 압수를 했지요. 이탈리아 소설을 번역한 것이었습니다. 저자 이름은 기억나지 않지만, 《암벽 위의 처녀들》(이탈리아의 시인이자 소설가, 극작가인 단눈치오가 쓴 소설)이란 제목이었어요."

"잘하는 짓이군!"

티보 씨가 소리쳤다.

"자크 군이 몹시 난처해 하며 어쩔 줄 몰라 하는 품이, 아무래도 다른 것을 더 감추고 있는 듯했습니다. 늘 겪는 일이니까요. 마침 점심시간이 시작되어서 종이 울리더군요. 저는 감독 선생에게 학생들을 식당으로 인솔해 가라고 했습니다. 학생들이 교실을 모두 빠져나간 것을 확인한 뒤, 자크 군의 책상 뚜껑을 들어 올려 보았지요. 아니나 다를까, 다른 책이 두 권 더 있더군요. 한 권은 장 자크 루소의 《고백》이었고, 죄송하지만 다른 한 권은 졸라의 추잡스런 소설 《무레 신부의 과오》였습니다."

"아, 이런 몹쓸 놈!"

"책상 뚜껑을 내려놓으려는 순간, 가지런히 놓여 있는 교과서 뒤쪽이 궁금해졌습니다. 그래서 손을 넣어 보았더니, 회색 헝겊으로 표지를 감싼 노트 한 권이 잡혔습니다. 처음에는 딱히 비밀스러워 보이진 않았어요. 저는 무심히 노트를 펼치고 몇 페이지를 읽어 보았습니다."

신부는 날카롭고도 매정한 눈초리로 두 사람을 바라보았다.

"뜻밖에도 그 안에는 놀라운 사실이 숨어 있었습니다. 저는 압수한 것들을 잘 간직해 두었다가 점심시간에 찬찬히 훑어보았습니다. 정성스럽게 제본이 된 책들의 뒷면 아랫부분에는 F라는 머리글자가 박혀 있었습니다. 그리고 그 회색 노트는…… 가장 중요한 증거물이라 할 수 있는데, 일종의 교환 편지였습니다. 전혀 다른 두 사람의 필적으로 쓰여 있었어요. 자크 군의 필적으로 쓰여진 편지에는 J라는 서명이 붙어 있었고, 또 다른 필적에는 서명이 대문자 D로 되어 있었습니다."

그는 잠시 말을 끊었다가 다시 목소리를 낮추었다.

"편지의 필체나 내용으로 보건대, 유감스럽게도 그들의 우정에 의아심을 가지지 않을 수 없었습니다. 저는 처음에 늘씬하면서도 힘 있는 필체의 주인공이 여학생인 줄 알았습니다. 그러나 내용을 자세히 읽어 보고는 그게 아니라는 걸 알았지요. 그 필체의 주인공은 자크의 동성 친구인 듯했습니다. 다행스럽게도 우리 학교 학생은 아니었어요. 자크 군이 이전에 다니던 중학교에서 사귄 불량 학생인 것 같았습니다. 저는 이 사실을 확인하기 위해 곧바로 그 중학교의 교도 부장을 찾아갔습니다. 아, 그 키야르 선생 말입니다."

그는 앙투안을 돌아다보며 말했다.

"아시다시피 그는 워낙 강직한 성품인 데다가, 기숙 학교에서 일어나는 일들은 지겨울 정도로 두루 경험했지요. 아니나 다를까, 그 학생의 신원은 금세 밝혀졌습니다. D라고 서명했던 문제의 학생은 현재 3학년인데, 예상한 대로 자크와는 친구 사이였습니다. 퐁타냉, 다니엘 드 퐁타냉이란 학생이었습니다."

"퐁타냉이라고요?"

앙투안이 큰 소리로 외쳤다.

"아버지, 아시죠? 여름에 메종라피트에 와서 살던 사람들이요. 숲 옆에 말이에요. 그렇지 않아도 지난겨울에 밤늦게 집으로 돌아오던 날, 몇 번인가 자크가 그 퐁타냉이란 아이가 빌려 준 시집을 읽고 있는 걸 보았어요."

"뭐라고? 시집을 빌려 줘? 그런데 왜 진작 그런 일을 내게 말하지 않았니?"

"뭐, 별로 위험한 책 같지는 않았어요."

앙투안은 신부에게 반항이라도 하듯 노려보면서 대답했다. 그러고는 잠시 생각에 잠기는 것 같더니, 얼굴에 엷은 미소가 지나갔다.

"빅토르 위고였어요. 라마르틴하고요. 저는 그때 단지 그 애를 일찍 재울 생각으로 램프를 빼앗곤 했죠."

신부는 더 할 말이 있다는 듯 입을 앞으로 삐죽 내밀었다.

"여기서 심각한 것은 그 퐁타냉이란 아이가 프로테스탄트(16세기 종교 개혁의 결과로, 로마 가톨릭 교회에서 떨어져 나와 성립된 종교. 흔히 개신교라고 부른다.)라는 겁니다."

"그건 나도 알고 있소."

티보 씨가 낙담한 목소리로 외쳤다.

"한데 퍽 괜찮은 학생이더군요."

　신부는 자신이 얼마나 공정한 사람인지 보여 주기 위해 얼른 말을 이었다.

"키야르 선생은 이렇게 말했습니다. '키가 크고 진중해 보이는 학생입니다. 그런데 주위 사람들을 감쪽같이 속이고 있었군요. 어머니도 퍽 점잖은 사람 같았는데…….'"

"오! 그 어머니……."

　티보 씨가 신부의 말을 끊었다.

"점잖은 척하지만 어쩔 수 없는 사람들이오. 메종라피트에선 아무도 그들과 가까이하지 않는다오. 마지못해 인사나 나누는 게 고작이지. 아아, 네 동생은 참 좋은 친구를 두었구나."

　신부가 한숨을 쉬며 끼어들었다.

"위험한 친구지요. 프로테스탄트들은 겉으로는 엄숙한 척하지만, 그들의 참모습이 어떤지는 다들 아시지 않습니까? 어쨌든 저는 그 학교에서 많은 정보를 얻어 가지고 돌아왔습니다. 정식으로 학생 선도 위원회에 회부할 생각이었는데……. 어제, 그러니까 토요일 말입니다. 아침 자습 시간이 막 시작되었을 때, 자크 군이 제 방으로 갑자기 뛰어 들어왔습니다. 말 그대로 뛰어든 겁니다. 이를 앙다문 채 얼굴이 새파랗게 질려 있었습니다. 문 앞에서부터 인사 한 마디 하지 않은 채 대뜸 이렇게 소리를 지르더군요. '책하고 노트를 도둑맞았어요!' 저는 자크 군에게 남의 방에 그런 식으로 들어오는 것은 무례한 일이라고 주의를 주었습니다. 하지만 자크 군은 아랑곳하지 않았습니다. 평소에는 그리도 맑던 두 눈이 분노로 가득 차 잔뜩 붉어져 있었습니다. '선생님이 제 노트를 가져가셨죠? 선생님이죠!' 자크 군이 다시 소리를 질렀습니다."

신부는 얼빠진 듯한 미소를 지어 보이며 이렇게 덧붙였다.

"자크 군은 저에게 '만일 선생님이 그걸 함부로 읽으신다면 차라리 죽어 버리겠어요!'라고 했습니다. 저는 어떻게든 자크 군을 부드럽게 타일러 보려고 노력했습니다. 하지만 말할 틈도 주지 않더군요. 곧바로 이렇게 소리쳤습니다. '제 노트는 어디 있죠? 제발 돌려주세요! 지금 당장 돌려주시지 않는다면 여기 있는 물건들을 죄다 부숴 버리겠어요!' 그러더니 말릴 사이도 없이 책상에서 수정 문진(文鎭, 책장이나 종이쪽이 바람에 날리지 않도록 눌러 두는 물건)을 집어 들더니……. 그거 알죠, 앙투안? 졸업생들이 퓌드돔(프랑스 중부 오베르뉴 지방에 있는 주)에서 가져다준 기념품 말입니다. 그걸 대리석 벽난로에다가 힘껏 집어 던져 버렸어요. 뭐, 좀 부서진다 한들 어떻습니까마는……."

신부는 티보 씨가 당황해 하는 것을 보고는 서둘러 덧붙였다.

"제가 이런 사소한 부분까지 세세하게 말씀드리는 것은 아드님이 얼마만큼 흥분했는지 알려 드리기 위해서입니다. 그리고 나서 자크 군은 마룻바닥을 데굴데굴 구르며 신경질적인 발작을 일으켰습니다. 저는 자크 군을 가까스로 일으켜 세운 다음, 방 옆에 있는 암송실로 밀어 넣고 문을 잠갔습니다."

"아!"

티보 씨는 주먹을 쳐들면서 말을 이었다.

"그 애가 가끔 미치광이처럼 굴 때가 있어요! 앙투안에게 물어보세요. 조금만 제 비위에 거슬리면 그렇듯 폭발을 해서 저 하자는 대로 해 줄 수밖에 없도록 만들곤 한답니다. 얼굴이 새파랗게 질려선 목에 핏대를 세우고 금방이라도 달려들어 죽일 것같이 굴지요."

"그야……, 우리 티보가 사람들의 성격이 좀 거칠잖아요."

앙투안은 아버지의 말을 쉽사리 수긍했다. 앙투안이 그에 대해 조금도 유감스런 태도를 보이지 않자, 신부는 미소를 지어 보임으로써 동의의 뜻을 표했다.

"한 시간가량 지난 다음에 놓아주려고 들어가 보니까, 자크 군은 두 손으로 머리를 감싼 채 책상 앞에 앉아 있더군요. 제가 들어서자 무서운 눈초리로 쏘아보았습니다. 저는 일단 사과를 하라고 했습니다. 하지만 아무런 대답도 하지 않더군요. 대신 유순하게 제 뒤를 따라 나왔습니다. 머리카락은 잔뜩 헝클어진 데다 아주 고집스런 표정을 짓고 있었지만요. 저는 자크 군에게 깨진 문진 조각을 주우라고 했습니다. 하지만 고개를 푹 숙인 채 이를 악물고만 있었어요. 그래서 기도실로 데려갔습니다. 다시 한 시간쯤 후, 저는 자크 군 옆으로 가서 무릎을 꿇었습니다. 울고 있었던 듯했어요. 기도실 안이 어두워서 단정할 수는 없지만요. 저는 낮은 목소리로 성모송(聖母誦, 가톨릭 교회에서 성모 마리아에게 바치는 기도)을 열 차례 올리고는 천천히 타일러 보았습니다. 나쁜 친구 때문에 소중한 아들의 마음이 이렇듯 얼룩진 것을 아버님께서 아신다면 얼마나 슬퍼하실지 생각해 보라고 했지요. 자크 군은 제 말이 듣기 싫다는 듯, 팔짱을 낀 채 머리를 쳐들고 제단 쪽을 응시했습니다. 그렇게 계속 고집이나 부릴 거라면 차라리 교실로 돌아가라고 했습니다. 자크 군은 교실로 돌아간 뒤에도 줄곧 팔짱을 끼고 있었습니다. 저녁때까지 제자리에서 꿈쩍도 하지 않았지요. 책장도 펼치지 않았고요. 저는 일부러 아는 척을 하지 않았습니다. 그러다 일곱 시가 되자, 평소처럼 집으로 돌아갔습니다. 인사 한 마디 없이 말이죠. 사건의 전말은 이와 같습니다."

신부는 매우 흥분된 표정으로 이야기를 끝맺었다.

"실은 중학교의 교도 부장이 그 퐁타냉이라는 놈에게 어떤 처벌을 내리는지 알아보고 나서 알려 드릴 생각이었습니다. 아마 당장 퇴학이겠지만요. 그런데 오늘 이렇게 근심하시는 것을 뵈오니……."

"신부님."

티보 씨는 지금 막 어디선가 뛰어오기라도 한 것처럼 숨을 헐떡이면서 신부의 말을 끊었다.

"더 이상 드릴 말씀이 없습니다. 그런데 큰일 났군요. 그 성질에 또 무슨 일을 저지르고 있지나 않을지……."

그는 잠시 생각에 잠겼다가 조금 전에 한 말을 한 번 더 반복했다. 그러고는 머리를 앞으로 내밀고 두 손을 무릎 위에 얹고는 우두커니 앉아 있었다. 만약 회색 콧수염 아래에서 아랫입술과 턱수염이 희미하게 떨리지 않았다면 그의 내려 감은 눈꺼풀은 마치 잠을 자는 것처럼 보였을 터였다.

"망할 녀석!"

티보 씨는 갑자기 턱을 앞으로 쭉 내밀면서 소리쳤다. 그때 속눈썹 사이에서 번뜩이는 그의 날카로운 눈빛은, 무기력하게만 보이는 외모만 보고 쉽사리 판단해서는 큰 코 다치기 십상이라는 것을 일깨워 주기에 충분했다. 그는 다시 눈을 감고 몸을 앙투안 쪽으로 돌렸다.

앙투안은 아무런 대답도 하지 않았다. 그는 한쪽 손으로 턱수염을 만지면서 눈살을 찌푸린 채 바닥을 내려다보고 있었다.

"병원에 들러서 내일은 나가지 못한다고 할게요. 아침 일찍 퐁타냉이란 아이한테 가 봐야겠어요."

그가 말했다.

"아침 일찍 말이냐?"

티보 씨는 기계적으로 앙투안의 말을 되풀이했다.

"오늘 밤엔 한숨도 잘 수가 없겠구나."

티보 씨는 한숨을 내쉰 뒤 문 쪽으로 걸어갔다. 신부가 그 뒤를 쫓아갔다. 육중한 몸매의 티보 씨는 문간에 멈춰 서서 맥 빠진 손을 신부에게 내밀었다.

"기가 막히네요."

그는 눈을 뜨지도 않고 다시 한숨을 쉬었다.

"주님께서 도와주시도록 우리 모두 기도드립시다."

비노 신부가 정중하게 말했다.

아버지와 아들은 아무 말 없이 한참을 걸었다. 거리에는 인기척이 전혀 없었다. 바람 한 점 없는, 그야말로 온화한 밤이었다. 5월 초였다.

티보 씨는 집 나간 아들을 생각하고 있었다.

"한데서 자도 그리 춥지는 않겠군."

아들에 대한 걱정 때문인지 감정이 북받쳐 올라 다리가 후들거렸다. 그는 걸음을 멈추고 큰아들을 돌아다보았다. 앙투안을 보고 있으면 자기도 모르게 마음이 안정되었다. 그는 유독 큰아들에게 정이 많이 갔다. 앙투안은 언제 봐도 자랑스러웠다. 오늘 저녁에는 특히 더 그랬다. 작은아들에 대한 미움이 한층 커졌기 때문이었다.

그렇다고 자크를 사랑하지 않는다는 것은 아니었다. 자크가 그의 자부심을 만족시킬 만한 일을 조금이라도 해 주었더라면 틀림없이 그 아이에게서도 애정이 일어났을 것이다. 하지만 끝없이 빗나가기만 하는 자크의 행동은 용납하기도 어려울뿐더러 그의 자존심을 민감하게 자극하곤 했다.

"이 일이 크게 소문나지 않아야 할 텐데……."

티보 씨는 이렇게 중얼거리면서 앙투안에게 다가갔다. 그리고 나직한 목소리로 말했다.

"오늘 밤엔 네가 숙직을 하지 않아서 좋구나."

그는 그렇게 말해 놓고는 스스로 어색하다는 생각이 들었다. 아버지보다 마음이 더 불편했던 앙투안 역시 짐짓 아무런 대답도 하지 않았다.

"앙투안, 오늘 밤에 네가 곁에 있어 주어서 여간 든든한 게 아니구나."

티보 씨는 다시 한 번 나직이 속삭인 다음, 용기를 내어 생전 처음으로 아들의 팔에 팔짱을 끼었다.

제 2 장
아들의 가출

일요일 정오쯤, 집으로 돌아온 퐁타냉 부인은 현관 앞에 놓여 있는 아들의 편지를 발견했다.

"다니엘이 베르티에 씨 댁에 점심 초대를 받았다는구나."

그녀가 제니에게 말했다.

"오빠가 집에 들렀을 때 보지 못했니?"

"다니엘 오빠요?"

제니는 안락의자 밑에 웅크리고 있는 강아지를 잡으려고 몸을 한껏 구부리고 있었다. 소녀는 한참 동안 일어나지 않았다.

"아니요, 못 봤어요."

제니가 다시 입을 열었다. 그러고는 강아지 퓌스를 잡아서 품에 안은 채 연방 입을 맞추며 제 방으로 뛰어 들어갔다.

제니는 점심때가 되어서야 다시 모습을 드러냈다.

"머리가 아파요. 배는 안 고프고요. 방 안을 어둡게 하고 좀 누워 있고 싶어요."

퐁타냉 부인은 제니를 침대에 눕힌 다음 커튼을 쳐 주었다. 제니는 이불 속으로 들어갔지만 딱히 잠이 오지는 않았다. 그렇게 몇 시간이 흘러갔다. 퐁타냉 부인은 그날 오후 몇 번이나 제니의 방에 들러 이마를 손으로 짚어 보았다.

저녁때가 되자 제니는 불안감을 감추지 못했다. 퐁타냉 부인의 손을 잡고 하염없이 눈물을 흘리다가 천천히 입을 맞추었다.

"기운이 하나도 없어. 열도 좀 있는 것 같고……."

시계가 일곱 시를 치고, 이어 여덟 시를 알렸다. 퐁타냉 부인은 저녁 식사를 차려 놓고 다니엘이 오기를 기다렸다. 다니엘이 미리 이야기를 하지 않고 식사 시간에 빠진 적은 단 한 번도 없었다. 더구나 일요일 저녁에 엄마와 누이동생 둘이서 식사를 하게 하리라고는 상상조차 해 본 적이 없었다.

퐁타냉 부인은 발코니로 나가서 난간에 팔꿈치를 얹었다. 평화롭고 한적한 저녁 시간이었다. 가끔씩 옵세르바투아르 거리를 따라 산책하는 사람들의 모습이 눈에 띄었다. 울창한 나무들 사이로 그림자가 짙어졌다.

그녀는 몇 번인가 가로등 불빛 아래서 다니엘의 모습을 본 듯했다. 이윽고 뤽상부르 공원에서 북소리가 났다. 공원의 문이 닫혔다. 바야흐로 밤이 이슥해졌다.

그녀는 모자를 쓰고 베르티에 씨 집으로 달려갔다. 베르티에 씨 가족은 그저께 시골에 내려갔기 때문에 이틀째 집이 비어 있었다. 다니엘이 거짓말을 한 것이다!

퐁타냉 부인도 그런 거짓말을 한 경험이 있긴 했다. 하지만 다니엘이, 그녀의 아들 다니엘이 거짓말을 한 것은…… 처음이었다! 그것도 열네 살에 벌써?

제니는 아직 자지 않고 있었다. 소녀는 밖에서 나는 소리에 귀를 기울이고 있었다. 제니가 엄마를 불렀다.

"다니엘 오빠는요?"

"오빠는 방금 잠들었단다. 네가 자는 줄 알고 일부러 깨우지 않았어."

그녀의 목소리는 무척 자연스러웠다.

'공연히 어린아이까지 걱정시킬 필요 없잖아.'

밤이 깊었다.

퐁타냉 부인은 아들이 들어오는 소리를 들을 수 있도록 복도로 난 문을 반쯤 열어 둔 채 안락의자에 앉아 있었다.

어느새 한밤이 지나가고 해가 떠올랐다.

일곱 시경, 강아지가 으르렁거리며 자리에서 일어섰다. 초인

종이 울렸던 것이다. 퐁타냉 부인은 현관으로 달려 나가 황급히 문을 열었다. 그런데 찾아온 사람은 뜻밖에도 수염을 기른 낯선 청년이었다. 사고가 난 것일까?

앙투안은 퐁타냉 부인에게 자신의 이름을 말했다. 그리고 다니엘이 학교에 가기 전에 만날 수 있도록 해 달라고 정중하게 부탁했다.

"오늘은 그 아이를 만나실 수 없어요. 왜냐하면……."

앙투안은 당황스런 표정을 지었다.

"제가 억지를 쓰고 있다면 용서하십시오, 부인. 평소 아드님과 친하게 지내던 제 동생이 어제 갑자기 행방불명이 되었습니다. 그래서 저희 가족 모두 몹시 걱정을 하고 있습니다."

"행방불명이라고요?"

그녀는 머리에 쓰고 있던 흰색 스카프를 손으로 꽉 움켜쥐었다. 그리고 급히 현관문을 열었다. 앙투안은 그녀의 뒤를 따라 안으로 들어갔다.

"실은 다니엘도 어젯밤에 들어오지 않았어요. 그래서 저 역시 걱정을 하고 있던 참입니다."

그녀는 머리를 숙였다가 이내 쳐들고 말을 이었다.

"게다가 지금 애 아빠도 파리에 없거든요."

그녀의 얼굴에선 진실함과 솔직함이 묻어나고 있었다. 불안한 마음으로 밤을 지새운 뒤, 낯선 청년과 갑자기 마주하게 되자 꾸밈 없는 얼굴을 고스란히 내보이게 된 것이다. 그 얼굴에는 여러 가지 감정들이 순수한 음들처럼 연달아 스쳤다. 그들은 얼마간 서로를 말없이 바라보다가 이내 각자의 생각 속으로 빠져들었다.

그날 아침, 앙투안은 탐정이라도 된 것처럼 신이 나서 침대에서 벌떡 일어났다. 그는 자크의 가출을 그리 비관적으로 여기지 않았다. 그를 움직인 것은 순전히 호기심이었다. 그래서 어린 공모자에게 자초지종을 알아내기 위해 무작정 이 집을 방문한 것이었다.

그런데 막상 사건과 정면으로 맞닥뜨리고 나자 일이 다소 복잡하게 얽혔다는 생각이 들었다. 한편으로는 이 사건이 한층 더 흥미롭게 느껴지기도 했다. 어차피 이 사건과 마주하게 된 것부터가 그에겐 운명이나 마찬가지였다.

앙투안은 수염 밑에 감춰진 각진 턱, 그러니까 티보가 특유의 그 억센 턱을 천천히 가슴 쪽으로 당겼다.

"아드님은 어제 아침에 몇 시쯤 나갔습니까?"

그가 물었다.

"일찍 나갔어요. 하지만 조금 뒤에 다시 돌아온 것 같아요."

"아! 열 시 반에서 열한 시 사이였죠?"

"맞아요, 그 무렵인 듯해요."

"자크하고 똑같군요! 둘이 함께 떠난 것 같습니다."

그는 명료하고 쾌활하게 결론을 지었다.

그때 반쯤 열려 있던 방문이 활짝 열렸다. 속옷 바람의 여자아이가 거실로 나오는가 싶더니 양탄자 위에 풀썩 쓰러졌다. 퐁타냉 부인은 외마디 비명을 지르며 그 앞으로 달려갔다. 어느새 앙투안이 기절한 아이를 품에 안아 두 팔로 들어 올리고 있었다. 그는 퐁타냉 부인의 뒤를 따라 방으로 가서 제니를 침대에 눕혔다.

"부인, 제게 맡겨 주세요. 저는 의사입니다. 우선 찬물부터 주시고요. 집 안에 에테르(에틸알코올에 진한 황산을 넣고 증류하여 만든 무색 액체. 실온에서는 상쾌한 냄새가 난다.)가 좀 있나요?"

제니는 곧 정신이 들었다. 퐁타냉 부인은 딸에게 미소를 지어 보였다. 하지만 소녀의 눈빛은 여전히 멍해 보였다.

"이제 걱정하지 않으셔도 됩니다. 다만 잠을 좀 더 자는 게 좋을 것 같군요."

앙투안이 말했다.

"자, 선생님 말씀 들었지?"

퐁타냉 부인이 속삭였다. 그러고는 딸의 젖은 이마에 손을 얹은 뒤 천천히 아래로 쓸어내려 눈을 감겨 주었다. 두 사람은 침대를 가운데 두고 말없이 한참 동안 서 있었다. 에테르가 증발하면서 향기가 방 안을 가득 채웠다.

앙투안의 시선은 자기도 모르게 퐁타냉 부인의 아름다운 손과 팔을 따라 흐르며 그녀의 자태를 더듬었다. 머리에 쓰고 있던 흰색 스카프는 어느새 벗겨져 있었다. 금발 사이로 언뜻언뜻 흰머리가 보였다. 몸가짐이라든가 말하는 태도로 보아 사십 줄은 되어 보였다.

제니는 잠이 든 것 같았다. 퐁타냉 부인은 딸의 두 눈 위에 얹고 있던 손을 날개처럼 가볍게 거두었다. 그들은 발뒤꿈치를 들고 살그머니 서서 방을 나왔다. 문은 조금 열어 두었다. 앞서 걷던 퐁타냉 부인이 뒤로 돌아서며 손을 내밀었다.

"감사합니다."

앙투안은 너무나 자연스럽고 대담한 그녀의 몸짓에 자기도 모르게 손을 잡았다. 하지만 감히 입술을 가져다 대지는 못했.

"아이가 신경이 아주 예민해요."

그녀가 말했다.

"아마 퓌스가 짖는 걸 듣고는 오빠가 온 줄 알고 달려 나온 모양이에요. 어제 아침부터 줄곧 몸이 좋지 않았어요. 밤새 열도 났고요."

그들은 의자에 앉았다. 퐁타냉 부인은 웃옷 주머니에서 아들이 전날 아침에 남겨 놓은 편지를 꺼내어 앙투안에게 내밀었다. 그러고는 앙투안이 편지를 읽는 모습을 물끄러미 바라보았다. 그녀는 사람을 대할 때 첫인상을 아주 중요하게 여기는 편인데,

앙투안은 처음 보는 순간부터 믿음직하다는 생각이 들었다.

'이런 이마를 가진 사람은 비겁한 짓을 절대로 저지르지 않을 거야.'

올려 빗은 머리칼과 수염으로 뒤덮인 뺨, 갈색에 가까운 붉은 수염 사이의 움푹 들어간 두 눈, 그 위로 하얗게 빛나는 네모진 이마가 그것을 증명이라도 해 주는 듯했다.

앙투안은 편지를 접어서 그녀에게 돌려주었다. 그는 방금 읽은 내용을 곱씹고 있는 듯했다. 실제로 그는 어떻게 말문을 열어야 할지 고민하고 있었다.

"제가 보기에는……."

그가 천천히 입을 열었다.

"두 사람의 가출이…… 그 둘의 우정, 그러니까 둘 사이의 관계가 선생들에게 발각된 일과 연관이 있는 듯합니다."

"발각이라뇨?"

"비밀 노트에 쓴 그들의 편지가 발각되었습니다."

"편지요?"

"수업 시간에 편지를 주고받은 모양입니다. 편지에 담긴 내용은 평범하지 않았던 것 같고요."

그는 짐짓 부인에게서 눈을 돌렸다.

"학교에서는 두 범인을 퇴학시키겠다고 을러대기까지 했답니다."

"범인이요? 저는 잘 이해가 되지 않는군요. 무슨 잘못을 저질 렀다고 범인이라는 겁니까? 편지를 주고받은 거요?"

"아마도 편지의 내용이 너무……."

"편지의 내용이라니요?"

그녀는 도무지 이해가 되지 않았다. 하지만 성격이 워낙 섬세한 탓에, 어느 순간부턴가 앙투안이 몹시 난처해 하고 있다는 것을 알아차렸다. 그녀는 천천히 고개를 저었다.

"그런 것은 지금 문제가 되지 않아요, 선생님."

그녀는 약간 떨리는 목소리로 말했다. 별안간 두 사람 사이에 엄청난 거리가 생긴 듯했다. 퐁타냉 부인은 자리에서 일어섰다.

"물론 선생님 동생과 제 아들이 어떤 이유로든 함께 가출을 모의했을 수는 있겠죠. 비록 다니엘이 제 앞에서 그 이름을 한 번도 말한 적이 없긴 하지만……. 뭐라고 하셨죠, 성함이?"

"티보입니다."

"티보?"

그녀는 놀라서 말을 채 맺지도 않고 반복해서 되뇌었다.

"정말 이상하군요. 제 딸이 어젯밤에 헛소리를 하면서 분명히 그 이름을 말했어요."

"오빠한테 친구 얘기를 들었나 보죠."

"아녜요, 다니엘은 한 번도……."

"그렇다면 따님이 어떻게 알았을까요?"

"사실 그런 신비한 현상은 자주 일어난답니다!"

그녀가 대답했다.

"신비한 현상이라뇨?"

그녀는 심각한 표정을 지은 채 한참 동안 서 있었다.

"생각이 통한다고 해야 하나? 이심전심 같은 것 말예요."

앙투안은 너무 뜻밖의 말이라, 호기심 가득한 눈길로 그녀를 바라보았다. 퐁타냉 부인의 얼굴은 근엄하면서도 환하게 빛이 났다. 그리고 이런 일에 대해 타인의 회의주의 따윈 그리 대수롭게 여기지 않는다는 듯한, 그들만의 신앙심을 가진 사람의 엷은 미소가 입술에 번졌다.

얼마간 침묵이 흘렀다. 순간 앙투안의 머릿속에 한 가지 생각이 떠올랐다. 탐정의 기질이 다시금 살아난 것이었다.

"부인, 댁의 따님이 제 동생 이름을 말했다고 하셨죠? 그리고 어제는 온종일 열에 시달렸고요? 혹시 따님이 아드님에게서 비밀 이야기를 들은 건 아닐까요?"

"그런 의심은 금세 해소할 수 있어요, 선생님."

퐁타냉 부인은 너그러운 표정을 지으며 말을 이었다.

"저희 아이들이 저를 어떻게 대하는지, 저희 가족이 어떻게 생활하는지 아신다면요. 저희 애들은 지금까지 저에게 그 어떤 것도 숨긴 적이 없어요, 단 한 번도……."

그녀는 갑자기 말을 끊었다. 다니엘의 행동이 자신의 말을 반증하고 있다는 사실을 깨달으면서 마음이 쓰라리게 아팠던 것이다. 그녀는 문 쪽으로 걸어가면서 약간 거만한 어투로 말했다.

"제니가 잠들지 않았다면 한번 물어보시죠."

제니는 눈을 뜨고 있었다. 가냘픈 얼굴의 윤곽이 베개 위에 도드라져 있었는데, 두 뺨은 열 때문인지 발갛게 상기돼 있었다. 소녀는 강아지를 두 팔로 꼭 껴안고 있었다. 그런데 강아지의 검은 콧등이 이불 밖으로 삐죽 나와 있어서 그 모습이 약간 우스꽝스러워 보였다.

"제니, 티보 선생님이시란다. 너도 알지? 다니엘 오빠 친구의 형이셔."

제니는 자기 앞에 서 있는 낯선 사람을 흘낏 보고는 무언가 말을 하려다가 이내 경계의 빛을 띠었다. 앙투안은 침대 옆으로 다가가 소녀의 손목을 잡은 뒤 시계를 꺼냈다.

"아직 맥박이 좀 빨라요."

그는 이렇게 말하며 배에 귀를 대고 진찰을 하였다. 그는 짐짓 자신의 직업적인 몸짓에 위엄을 섞었다.

"몇 살이죠?"

"곧 열세 살이 돼요."

"정말인가요? 그렇게 안 보이는데요. 원래 열이 오르내릴 때는 옆에서 지켜보며 주의를 기울여야 합니다. 그렇다고 걱정할 정도는 아니고요."

 그는 소녀에게 미소를 지어 보였다. 그리고 침대에서 조금 떨어진 채 어조를 달리하여 이렇게 덧붙였다.

 "혹시 내 동생을 아니? 자크 티보 말이야."

 소녀는 눈살을 찌푸린 채 모른다는 듯한 표정을 지었다.

 "정말로 몰라? 오빠가 제일 친한 친구 얘기를 너에게 한 번도 한 적이 없단 말이지?"

 "한 번도 안 했어요."

 소녀가 말했다.

 "그래도 잘 생각해 봐. 어젯밤에 말이야."

 퐁타넁 부인이 채근을 했다.

 "엄마가 널 깨웠을 때, 다니엘과 티보라는 친구가 길에서 쫓기는 꿈을 꾸었다고 했잖아. 넌 그때 분명히 티보라고 했는걸."

 소녀는 기억을 더듬는 듯했다. 그러더니 이렇게 대꾸했다.

 "난 그런 이름 몰라."

 앙투안은 잠시 침묵을 지키다가 다시 말했다.

 "한 가지 물어봐도 될까? 나는 엄마께 여쭤 볼 게 있어서 찾아왔는데, 엄마는 정확하게 기억을 못 하시는구나. 오빠를 찾기 위해서는 꼭 알아야 하는데……. 어제 오빠가 어떤 옷을 입고 있었지?"

 "몰라요."

"그럼 어제 아침에 오빠를 보지 못한 거니?"

"봤어요, 아침밥 먹을 때……. 그런데 그땐 잠옷을 입고 있었어요."

소녀는 엄마를 바라보았다.

"옷장에 가서 어떤 옷이 없어졌는지 보면 되잖아요!"

"그래, 또 한 가지 궁금한 게 있어. 이것도 정말 중요한 건데, 오빠가 편지를 갖다 놓으러 돌아온 시각이 아홉 시였니, 열 시였니? 아니면 열한 시? 엄마는 그때 집에 계시지 않아서 정확히 모르시겠다는구나."

"저도 몰라요."

제니의 목소리에서 짜증이 배어났다. 그는 실망한 몸짓으로 다시 말을 했다.

"이래 가지고선 오빠를 찾기 힘들겠어!"

"잠깐만요."

제니는 팔을 들어 앙투안을 붙잡으며 이렇게 덧붙였다.

"열한 시 십 분 전이었어요."

"정말? 확실해?"

"네."

"오빠가 왔을 때 시계를 봤니?"

"아니요, 그때 전 그림을 그리다가 빵 조각을 찾으러 부엌에 가 있었어요. 만일 오빠가 그 전이나 그 뒤에 왔다면 문소리가 들렸을 테고, 제가 오빠 얼굴도 봤겠죠."

"아, 그렇지."

앙투안은 잠시 생각에 잠겼다. 이 아이를 더 괴롭혀 봤자 무슨 소용이 있을까? 아무래도 자신이 잘못 판단한 듯싶었다. 제니는 아무것도 모르고 있는 것 같았다.

그는 다시 의사로 돌아와서 말했다.

"자, 눈을 감고 한숨 더 자도록 하렴. 이럴 땐 몸을 따뜻하게 하는 것이 좋아."

그는 이불 밖으로 나와 있는 자그마한 팔을 이불 속으로 넣어 준 다음 미소를 지어 보였다.

"푹 자도록 해. 자고 일어나면, 아픈 것도 낫고 오빠도 돌아와 있을 테니까!"

제니는 그를 물끄러미 바라보았다. 앙투안은 그 순간에 본 제니의 눈빛을 평생 잊지 못할 것 같았다. 어떤 격려도 통하지 않는, 강렬하기 그지없는 내면의 고독, 그 고독에 어린 커다란 슬픔이 그 맑은 눈에 고스란히 어려 있었다.

앙투안은 마음이 혼란스러운 나머지, 자기도 모르게 시선을 아래로 떨구었다.

"부인 말씀이 옳았습니다."

그는 응접실로 나오자마자 이렇게 말했다.

"따님은 순수함 그 자체로군요. 몹시 걱정스러워하고 있기는 하지만, 아무것도 모르고 있는 게 틀림없습니다."

"맞아요, 순수함 그 자체죠."

퐁타냉 부인은 꿈을 꾸듯 앙투안의 말을 반복했다.

"하지만 그 애는 다 알고 있어요."

"알고 있다뇨?"

"알고 있어요."

"어떻게요? 따님의 대답은 그 반대였는데……."

"그래요, 대답은……."

그녀는 느리게 다시 말을 이었다.

"저는 그 애와 지금껏 쭉 함께해 왔잖아요. 저는 느낄 수 있어요. 하지만 어떻게 설명해야 할지는 모르겠군요."

퐁타냉 부인은 의자에 앉았다가 금세 다시 일어났다. 그녀의 얼굴은 고통스러움으로 일그러져 있었다.

"그 애는 알고 있어요. 다 알고 있다고요. 확실해요!"

갑자기 그녀가 소리를 질렀다.

"아마도 그 애는 죽을 때까지 절대로 비밀을 입 밖에 내지 않을 거예요. 차라리 죽어 버리는 쪽을 택할걸요. 저는 그것도 알고 있어요."

앙투안이 돌아간 뒤에, 퐁타냉 부인은 그의 충고에 따라 중학교 교도 부장인 키야르 선생을 찾아가 보기로 마음먹었다. 그리고 순전히 호기심에 이끌려 《파리 명사록》을 펼쳐 들었다.

티보(오스카르 마리)-슈발리에 드 라 레종도뇌르(프랑스의 훈장) 수훈자-외르(프랑스 북쪽 노르망디 지역에 있는 도시) 현 출신 전 국회의원-청소년 도덕 연맹 부회장-사회 기강 정립 협회 창립자 및 회장-파리 교구 가톨릭 자선 사업 연합회 재무 의원-위니베르시테가 4번지(제7구) B호

제 3 장
이교도의 비애

두 시간 후, 퐁타냉 부인은 키야르 교도 부장을 찾아갔다가 아무런 말도 하지 못하고 얼굴만 붉힌 채 도망치듯 뛰쳐나왔다. 그 순간 누구에게 의지를 해야 할지 분간이 되지 않았다.

퐁타냉 부인은 무턱대고 티보 씨를 찾아가 봐야겠다는 생각을 했다. 가슴 밑바닥에서는 그렇게 하지 말라는 충고가 있었지만, 그녀는 그것을 무시하고 무작정 티보 씨 집으로 달려갔다. 위험을 무릅쓰고 일을 추진하는 과단성을, 그녀는 종종 용기와 혼동하곤 했다.

티보 씨 집에서는 가족 회의가 열리고 있었다. 비노 신부는 일찌감치 위니베르시테 가로 달려와 있었다. 조금 뒤에 파리 대주

교의 특별 비서인 데다, 티보 씨의 정신적인 지주이며, 이 집안과 아주 각별한 처지에 있는 베카르 신부가 도착했다. 그는 방금 티보 씨의 전화를 받고 사건의 전말을 알아차렸다.

　티보 씨는 책상 앞에 앉아서 마치 재판을 주재하는 듯한 인상을 풍겼다. 그는 간밤에 한숨도 자지 못했다. 얼굴은 평소보다 더 희멀쑥했다. 회색 머리칼에 키가 작달막한 그의 비서 샬 씨는 안경을 코에 걸치고 티보 씨의 왼편에 자리를 잡았다. 앙투안은 생각에 잠긴 채 책장에 기대어 서 있었다.

　유모 역시 집안일을 해야 할 시각임에도 불구하고 불려와 있었다. 어깨에 검은색 메리노(면양의 한 품종. 털은 짧지만 가늘고 고와서 고급 직물에 사용한다.)를 걸친 그녀는 말없이 의자 끝에 앉아 있었다.

　그녀의 회색 머리카락은 노란 이마에 달라붙어 있었으며, 사슴 같은 눈동자는 신부들 사이를 계속해서 오가고 있었다. 신부들은 벽난로 양쪽에 놓여 있는, 등판이 높은 안락의자에 나란히 앉아 있었다.

　티보 씨는 앙투안이 조사한 내용을 듣고 난 뒤 일이 난처하게 된 것을 통탄해 마지않았다. 그는 주변 사람들이 자신의 의견이나 감정에 동조하는 것을 즐기면서, 불안한 마음을 충분히 담아낸 자신의 연설에 스스로 감탄하고 있었다.

　하지만 고해 신부가 함께 자리하고 있다는 사실 때문에 자신의 양심에 거리낌이 없는지 다시 한 번 돌아보지 않을 수 없었다. 과연 나는 잘못을 저지른 아들에게 아버지로서의 본분을 다 했던가? 그는 어떻게 대답해야 할지 몰랐다. 그 순간 생각이 다른 데에 미쳤다. 그 프로테스탄트 녀석만 아니었으면 아무 일도 일어나지 않았을 것을.

"그 퐁타냉 같은 깡패들 말이에요."

그는 자리에서 일어나 큰 소리로 말했다.

"특별한 시설에 가두어야 하지 않겠습니까? 우리 아이들이 그렇게 나쁜 물이 들도록 계속 내버려 둘 순 없지 않습니까?"

그러고는 뒷짐을 진 채 눈을 감고 책상 뒤에서 왔다 갔다 했다. 비록 말은 하지 않았지만 이 일 때문에 정신과학 협회 총회에 참석하지 못한 일이 생각할수록 분하고 화났다.

"제가 청소년 범죄의 문제점을 개선하기 위해 헌신한 지 스무 해가 넘었습니다! 스무 해 동안이나 저는 범죄 방지 연맹 회원으로 활동하면서, 팸플릿도 만들고 보고서도 제출하면서 물심양면으로 애를 써 왔단 말입니다. 어디 그뿐인가요?"

그는 신부들 쪽으로 홱 돌아서며 말을 이었다.

"우리 크루이 감화원에다 별관까지 지어서, 우리 원 아들과 다른 사회 계급에 속하는 불량 소년들을 따로 훈육하도록 하지 않았습니까? 그런데도 그 별관이 텅텅 비어 있으니, 제가 부모들을 일일이 찾아다니며 자식을 그곳에 처넣으라고 강요라도 해야 한단 말입니까? 그 외에도 저는 교과부가 우리 사업에 관심을 갖도록 하기 위해 갖은 노력을 다 기울였습니다."

그는 어깨를 으쓱해 보인 뒤 의자에 털썩 주저앉으면서 말을 마무리했다.

"그런데 그 무종교 학교 당국자들은 사회의 위생이란 걸 염두에 두고 있기나 한 걸까요?"

바로 그때 하녀가 들어와 그에게 명함 한 장을 내밀었다.

"그 여자가 여기에? 그 여자가 무엇 때문에 여길 온 거지?"

그는 하녀에게 질문을 해 놓고는 대답을 기다리지도 않고 앙투안에게 말했다.

"앙투안, 네가 나가 보렴."

앙투안은 명함을 흘깃 보고는 이렇게 말했다.

"아버지가 직접 맞으셔야 합니다."

티보 씨는 화가 치밀어 올라 하마터면 소리를 버럭 지를 뻔했다. 하지만 곧 마음을 가다듬고 두 신부에게 말했다.

"퐁타냉 부인이 왔다고 합니다! 어떻게 해야 할까요, 신부님들? 그 여자가 어떤 신분이든, 여성에 대한 격식은 차려 줘야겠죠? 게다가 그 여자도 '어머니'가 아닙니까?"

"뭐, 어머니라고요?"

샬 씨가 이렇게 중얼거렸으나, 목소리가 하도 작아서 들은 사람은 아무도 없었다. 티보 씨가 다시 말했다.

"부인께 들어오시라고 해."

하녀가 방문객을 안으로 들여보내자, 티보 씨는 자리에서 일어나 격식을 차려서 인사를 했다.

퐁타냉 부인은 이렇게 여러 사람이 모여 있을 줄은 꿈에도 생각지 못했다. 그녀는 현관 앞에서 약간 주저하다가 유모 쪽으로 몇 걸음 떼어 놓았다. 유모는 의자에서 벌떡 일어나더니, 어찌해야 좋을지 모르겠다는 눈빛으로 이 프로테스탄트 여인을 뚫어지게 바라보았다. 어느새 사슴 같은 눈빛은 사라지고 암탉처럼 표독스러워져 있었다.

"티보 부인이시죠?"

퐁타냉 부인이 나직이 물었다.

"아닙니다, 부인."

앙투안이 서둘러 말했다.

"베즈 양입니다. 저희 어머니가 돌아가신 뒤로, 십오 년째 저희와 함께 살고 있습니다. 저와 제 동생을 키워 주셨죠."

티보 씨는 남자들을 소개했다.

"방해를 해서 죄송합니다, 선생님."

퐁타냉 부인은 시선이 일제히 자기에게 쏠리고 있다는 걸 알아차리고 어색함을 느꼈으나 아무렇지도 않은 듯 자연스럽게 행동했다.

"그 후에 혹시 무슨 소식이라도……. 선생님, 저 역시 같은 문제로 근심하고 있습니다. 제 생각엔 우리가 일단 힘을 합치는 것이 좋을 듯합니다. 그렇지 않겠습니까?"

그녀는 은은하고도 쓸쓸한 미소를 띠며 덧붙였다. 하지만 그녀의 정직한 시선은 티보 씨의 무심한 가면에 부딪힌 뒤 공중에서 공허하게 부서져 버렸다.

그녀는 눈으로 앙투안을 찾았다. 오늘 아침에 헤어질 때 비록 두 사람 사이에 미묘한 거리감이 생기기는 했지만, 그녀는 우울하고도 진실된 얼굴로 그를 바라보았다.

앙투안 또한 퐁타냉 부인이 이 방에 들어오는 순간, 두 사람만의 유대감이 존재하고 있음을 느꼈다. 그가 퐁타냉 부인 쪽으로 다가섰다.

"부인, 따님의 건강은 좀 어떻습니까?"

그 순간 티보 씨가 앙투안의 말을 끊었다. 턱을 내민 채 머리를 흔드는 것만 봐도 그가 얼마나 흥분했는지 알 만했다. 티보 씨는 상반신을 퐁타냉 부인 쪽으로 돌린 다음 열띤 목소리로 말하기 시작했다.

"부인, 부인께서 지금 얼마나 걱정하고 계신지, 누구보다 제가 잘 알고 있다는 것은 새삼 말씀드리지 않아도 아시겠죠? 조금 전에 여기 계신 분들께도 말씀드렸습니다만, 그 가엾은 아이들을 생각하면 가슴이 미어집니다. 그렇다 할지라도 기탄없이 말씀을 드리는 것이 좋을 듯합니다. 우리가 공동으로 행동을 취하는 것이 정말로 최선의 방법일까요? 물론 어떻게 해서든 아이들을 빨리 찾아야겠죠. 그러나 수색은 서로 나누어서 하는 것이 더 좋지 않을까요? 제 말씀은, 그러니까 신문 기자들이 쓸데없는 말을 떠벌리지 않도록 경계할 필요가 있지 않나 해서요. 제가 신문이나 여론의 반응에만 연연해 하는 사람이라고 생각지는 마세요. 그게 저를 위해 그러는 줄 아십니까? 천만에요! 저는 상대편 당의 비난 공격쯤은 이미 초월한 사람입니다. 하지만 저 개인의 일로, 제가 대표를 맡고 있는 사업이 공격을 받아선 안 되잖아요. 그리고 무엇보다 제 아들을 생각해서입니다. 제가 그 어떤 대가를 치르더라도, 나중에 이 일이 해결되고 난 뒤 사람들의 입방아에 오르내릴 때, 제 아들 이름 옆에 다른 아이 이름이 들먹여지는 일은 막아야 하지 않겠습니까? 제가 해야 하는 일 중에서 가장 중요한 것은 제 아이의 장래에……. 물론 우발적으로 일어난 일이라는 것은 저도 잘 알고 있습니다만, 두 아이의 해로운 친분 관계가 제 아들의 장래에 걸림돌이 되는 일이 없도록 처리해 줘야 한다는 것입니다. 그렇지 않습니까?"

그는 베카르 신부를 향해 두 눈을 반쯤 치켜뜨면서 말을 끝맺었다.

"신부님들도 저와 같은 생각이실 테지요?"

순간 퐁타냉 부인의 얼굴이 새하얗게 질렸다. 그녀는 신부들과 유모, 앙투안의 얼굴을 차례로 돌아다보았다. 그러나 표정 없는 얼굴들과 맞닥뜨릴 뿐이었다.

잠시 후, 그녀가 이렇게 외쳤다.

"아, 알겠습니다, 선생님."

그녀는 목이 메어 와서 잠시 말을 멈췄다가 다시 용기를 내어 말을 이었다.

"제가 보기에 키야르 선생은……."

그녀는 다시금 입을 다물었다.

"키야르 선생은 형편없는……, 정말이지 형편없는 사람이더군요!"

그녀는 씁쓸한 미소를 지으며 외쳤다. 그러나 티보 씨의 얼굴은 여전히 무표정했다. 그는 비노 신부를 향해 맥없이 한 손을 들었다. 마치 그에게 발언권을 부여하기라도 하는 것처럼……. 비노 신부는 싸움판에 끼어드는 발바리 개처럼 즐거워하며 입을 열었다.

"실례지만 한 말씀 드려야겠습니다, 부인. 부인께서는 지금 키야르 선생의 난처한 증언을 부인하려 하십니다. 자제분에게 얼마나 큰 책임이 있는지 모르고 계시는 것 같군요."

퐁타냉 부인은 비노 신부를 아래위로 훑어본 뒤 본능적으로 베카르 신부 쪽으로 몸을 돌렸다. 퐁타냉 부인을 바라보는 그의 시선이 한없이 부드러웠기 때문이다.

그의 얼굴은 잠을 자는 것처럼 평온했다. 빗질하여 쓸어 올린 머리카락이 성기게 몇 가닥 남아 있는 것으로 보아 적어도 오십 줄은 되어 보였다. 그 역시 이단자에게서 무언의 부름을 받고 황급히 싸움에 끼어들었다.

"부인, 여기 있는 사람들이 지금 나누고 있는 대화가 부인께 얼마나 큰 고통을 주고 있는지 잘 알고 있습니다. 부인께서 자제분에게 가지고 있는 신뢰는 참으로 감동적입니다. 무한히 존경할 만한 일입니다."

그는 평소의 버릇대로 둘째손가락을 입술에 가져다 대고는 말을 이어 갔다.

"하지만 유감스럽게도 사실이……"

"그 사실이 딱하다는 것은 어쩔 수 없습니다."

비노 신부는 베카르 신부가 자신들의 뜻을 제대로 전달했다고 느꼈는지, 한결 부드러워진 목소리로 동료의 말을 받았다.

"그만두세요, 신부님."

퐁타냉 부인은 돌아서면서 중얼거렸다. 하지만 비노 신부는 자제하지 못했다.

"부인, 여기 증거물이 있습니다."

그는 손에 든 모자를 떨어뜨리며 허리춤에서 빨간 테두리가 둘러져 있는 회색 노트를 꺼냈다.

"이걸 보십시오. 부인의 환상을 깨뜨리는 것은 여간 잔인한 일이 아닌 줄 압니다만, 부인께서 이것을 직접 읽어 보시면 저희

로서도 어쩔 수 없었다는 것을 금방 아실 겁니다."

그는 부인에게 노트를 쥐어 주기 위해 두어 걸음 앞으로 나아갔다. 하지만 퐁타냉 부인은 자리에서 일어섰다.

"저는 한 줄도 읽지 않겠습니다, 여러분. 그 애도 모르는 사이에 그 애의 비밀이 여러 사람들 앞에서 폭로되다니요! 저는 제 아이가 그런 대접을 받도록 기르지 않았습니다."

비노 신부는 여전히 팔을 내민 채 다소 거북한 미소를 지었다.

"굳이 강요를 하려는 것은 아니었습니다."

그는 빈정거리는 투로 한 마디 덧붙였다. 그러고는 노트를 책상 위에 내려놓은 다음 바닥에 떨어진 모자를 주워 들고 다시 앉았다.

앙투안은 비노 신부의 어깨를 움켜잡아 밖으로 끌어내고 싶은 심정이었다. 그때 반감이 어린 그의 시선과 베카르 신부의 시선이 허공에서 마주쳐 서로 호응하는 빛을 띠었다.

그러자 퐁타냉 부인은 태도를 완전히 바꾸었다. 바짝 쳐든 이마에는 도전의 빛이 역력했다. 그녀는 안락의자에 파묻혀 있는 티보 씨 앞으로 나아갔다.

"그런 건 문제가 되지 않습니다, 선생님. 저는 다만 댁에서 앞으로 어떻게 하실 생각인지 알고 싶었을 뿐입니다. 애 아빠는 지금 파리에 있지 않습니다. 저 혼자서 모든 일을 결정하고 처리해야 합니다. 저는 경찰에 도움을 청하는 것이 어떨지 물어보고 싶었을 뿐입니다."

"경찰이요?"

티보 씨는 격한 어조로 반문한 뒤, 분노를 감추지 못하고 자리에서 벌떡 일어났다.

"그럼 부인께서는 지금 경찰들이 앉아서 놀고 있다고 생각하십니까? 오늘 아침에 제가 직접 경찰청장 집무실에 전화를 했어요. 모든 조치를 취하되 최대한 신중을 기해 달라고 말이죠. 메종라피트 시청에다 전보도 쳐 두었고요. 혹시라도 두 아이가 잘 아는 지역에 숨어 있는 게 아닌가 싶어서요. 철도역, 국경 경비소, 부두…… 모든 곳에 연락을 해 두었습니다. 부인, 제가 지금 어떻게든 소문이 퍼지는 것을 막고 싶어서 그러는 것이지, 그렇지 않다면야 그 몹쓸 놈들의 손목에 수갑을 채워서 끌고 와 본때를 보여 주는 게 가장 옳겠지요. 그렇게 하면 적어도 그 녀석들에게 이 불행한 나라에도 부모의 위신을 지키기 위한 정의 비슷한 게 아직 존재한다는 것을 일깨워 줄 수 있을 테니까요."

퐁타냉 부인은 아무런 대꾸도 하지 않은 채 인사를 건네고는 문 쪽으로 걸어갔다. 티보 씨는 정신을 가다듬었다.

"부인, 안심하세요. 무엇이든 소식이 들리면 부인께 앙투안을 보내어 전하도록 하겠습니다."

그녀는 가볍게 고개를 끄덕인 다음 밖으로 나갔다. 그러자 앙투안과 티보 씨가 그 뒤를 따랐다.

"위그노(이단자)!"

그녀가 밖으로 나가자 비노 신부가 빈정거렸다. 순간 베카르 신부는 못마땅한 표정을 감추지 못했다.

"뭐요? 위그노?"

샬 씨는 마치 생바르텔레미 축일에 일어난 대학살의 피바다에 발을 들여놓기나 한 것처럼 뒤로 물러서면서 비노 신부의 말을 되뇌었다.

제 4 장
남편의 여자

퐁타냉 부인이 집으로 돌아왔을 때, 제니는 침대에 누운 채 반쯤 잠이 들어 있었다. 소녀는 열에 들뜬 얼굴을 들어 엄마에게 눈인사를 하고는 다시 눈을 감았다.

"퓌스 좀 데려가 줘. 시끄러워."

잠시 후, 퐁타냉 부인은 자기 방으로 돌아왔다. 현기증이 나서 장갑도 벗지 않은 채 자리에 주저앉았다. 열이 나려나? 마음을 진정시키자, 강해지자, 나 스스로를 믿자……. 그녀는 머리를 숙이고 기도를 올렸다. 잠시 후 머리를 들었을 때는 한 가지 목적이 분명하게 생겨나 있었다. 남편을 찾아내어 다시 집으로 불러들이는 것이었다.

그녀는 복도를 지나 꽤 오랫동안 닫혀 있던 서재 앞에 멈춰 섰다. 한참이나 주저주저하다가 조심스레 문을 열었다. 아무도 없는 방은 썰렁하기 그지없었다. 방 안에는 마편초(꿀풀목 마편초과에 딸린 여러해살이풀. 감기나 피부병에 효능이 있어서 한방 재료로 쓰기도 한다.)의 쌉쌀한 향과 레몬의 새큼한 향, 그리고 반쯤 날아간 향수 냄새가 감돌고 있었다. 그녀는 커튼을 열어젖혔다. 방 한가운데에는 책상이 있었는데, 그 위에 놓인 책받침대에는 먼지가 뿌옇게 쌓여 있었다.

하지만 쪽지 한 장 남아 있지 않았다. 주소도 단서도 없었다. 서랍에는 열쇠가 그대로 꽂혀 있었다. 이 방에 살았던 사람은 경계심이 전혀 없었던 모양이다. 그녀는 책상 서랍을 열어 보았다. 편지 더미, 사진 몇 장, 부채, 그리고 한쪽 구석에 싸구려 비단 장갑이 한 켤레 처박혀 있었다.

순간 그녀의 손이 책상 모서리에서 경련이라도 일으킨 듯 갑작스럽게 굳어 버렸다. 한 가지 기억이 머릿속에 떠오르면서 그녀의 마음을 산란하게 만들었다. 그녀의 시선은 초점을 잃은 채 멍하니 먼 곳을 향하고 있었다.

이 년 전 어느 여름날, 그녀가 전차를 타고 강변을 지나가고 있을 때였다. 어느 순간 남편 제롬이 여자와 함께 있는 것을 본 것 같았다. 그때 그녀는 일어서 있었다. 제롬은 벤치에 앉아 울고 있는 여자에게 몸을 구부리고 있었다.

그 후 그녀의 잔인한 상상력은 그 순간의 환영을 둘러싸고 수백 번도 더, 세세한 일까지 다시 그려 내곤 했다. 모자를 비스듬히 쓴 채 스커트 주머니에서 손수건을 꺼내어 눈가로 가져가던 그 여자의 통속적인 슬픔⋯⋯. 무엇보다도 그녀의 감정을 크게 흔든 건 제롬의 태도였다! 아, 그날 밤 그 여자를 대하는 남편의 태도를 보면서, 그녀는 그의 마음을 사로잡고 있는 여러 가지 감정을 낱낱이 읽어 내었다!

거기에는 분명히 약간의 동정도 있었을 것이다. 그녀는 남편이 얼마나 여린 사람인지, 얼마나 마음이 쉽게 움직이는 사람인지 잘 알고 있었다. 그리고 대로변에서 그런 추태를 보이고 있는 것에 대한 짜증과 잔인한 마음⋯⋯. 그렇지! 엉거주춤하게 서 있는 제롬의 자세에서 그녀는, 이미 자신에게 싫증이 나 버려서 다른 여자에게 마음이 가 있는 남자의 뒷모습을 보았다. 여자의 눈물에 동정심과 양심의 가책을 느끼면서도 결국은 단숨에 끝을 내려는 이기적 타산을 확실하게 읽을 수 있었다. 그러한 상황은 시시때때로 반복되었다.

그녀는 그 잊을 수 없는 기억이 떠오를 때마다 현기증이 나면서 가슴이 무너져 내리는 것을 느꼈다.

퐁타냉 부인은 그 방에서 서둘러 나온 다음 문을 단단히 잠갔다. 실마리 하나가 머릿속에 떠올랐다. 반 년 전에 자신이 직접 내보낼 수밖에 없었던 하녀 마리에트⋯⋯. 퐁타냉 부인은 마리에트가 새로 일하게 된 집의 주소를 알고 있었다. 그녀는 내키지 않는 마음을 누르고 망설임 없이 그리로 갔다.

쪽문으로 난 계단을 올라가자 오층에 부엌이 있었다. 마리에트가 문을 열어 주었다. 그녀는 무표정한 얼굴로 설거지를 하고 있던 참이었다. 금발의 처녀. 하지만 헝클어진 머리카락과 유순해 보이는 눈동자는 여전했다. 그녀는 혼자 있었다. 얼굴을 살짝 붉히긴 했으나 두 눈은 맑게 빛났다.
"다시 뵙게 되어서 기뻐요! 제니가 많이 컸겠군요?"
퐁타냉 부인은 주저했다. 그녀는 미소를 지어 보이기가 고통스러웠다.
"마리에트, 제니 아빠가 어디 있는지 주소 좀 알려 줄래?"
순간 마리에트의 얼굴이 홍당무처럼 붉어졌다. 커다란 두 눈에 금세 눈물이 고였다.
"주소요?"
그녀는 고개를 저었다. 모른다는 것이었다. 그에 대해 아는 것이 아무것도 없다나. 실제로 남편은 그곳에 살고 있지 않았다. 그녀를 오래전에 떠난 것이었다.
퐁타냉 부인은 눈을 내리깔고 문 쪽으로 물러섰다. 더 이상 아무 말도 듣고 싶지 않았다. 그때 난로 위에 올려 둔 냄비의 물이 요란한 소리를 내면서 넘쳐흘렀다. 퐁타냉 부인은 기계적으로 몸을 돌리며 속삭였다.

"물이 끓는구나."

그리고 한 발짝 더 뒤로 물러서면서 덧붙였다.

"넌 그래도 여기서 행복하지?"

마리에트는 아무 대답도 하지 않았다. 하지만 퐁타냉 부인과 눈이 마주치는 순간, 그녀의 시선 속에 동물적인 무언가가 꿈틀거렸다. 반쯤 열린 입술 사이로 이가 드러나 보였다. 마리에트는 한참을 주서하넌 끝에 더듬거리며 입을 열었다.

"어쩌면 프티 뒤트레이유 부인께서 알고 계실지도…….“

퐁타냉 부인은 마리에트가 울음을 터뜨리는 것을 듣지 못했다. 그녀는 마치 불이 나서 대피라도 하듯 서둘러 계단을 뛰어 내려왔다. 그 이름을 듣는 순간, 지금까지 대수롭지 않게 여기고 있었던 수많은 우연적 상황들이 단번에 꿰어지면서 명백한 사실로 이어졌다.

마침 빈 마차가 한 대 지나가고 있었다. 그녀는 조금이라도 빨리 집으로 돌아가고 싶은 마음에 무턱대고 마차에 올라탔다. 하지만 집주소를 말하려는 순간, 저항할 수 없는 욕망이 속에서 일었다. 그는 성령의 부름에 복종하는 것이라고 믿으며 이렇게 말했다.

"몽소 가로 가 주세요."

십오 분 후, 그녀는 사촌동생인 노에미 프티 뒤트레이유의 집

앞에서 초인종을 누르고 있었다.

문을 열어 준 사람은 열다섯 살 정도 되어 보이는, 금발에 큰 눈을 가진 생기발랄한 소녀였다.
"니콜, 잘 있었니? 엄마, 집에 계셔?"
그녀는 아이의 놀란 시선이 자기를 무겁게 짓누르는 것을 느꼈다.
"엄마 불러올게요!"
퐁타냉 부인은 현관에 혼자 서 있었다. 가슴이 너무 두근거려서 두 손으로 꾹 눌렀다. 그녀는 마음을 진정시키고 주위를 찬찬히 돌아보았다. 현관 문이 반쯤 열려 있었다. 응접실 안의 벽지와 양탄자가 햇빛을 받아 영롱하게 빛났다. 방 안은 지저분했지만, 여기저기 멋을 낸 흔적이 엿보였다.
'이혼한 뒤로 돈 들어올 데가 없다고 들었는데…….'
퐁타냉 부인은 속으로 중얼거렸다. 그러고 보니 남편이 두 달 동안 돈을 한 푼도 가져다주지 않았다. 그래서 생활비를 마련하느라 얼마나 곤란을 겪었던가. 생각이 거기에 미치자, 노에미의 이런 사치스런 생활이 남편과 연관되어 있으리라는 확신이 들었다.
니콜은 좀처럼 돌아오지 않았다. 집 안에는 침묵만이 감돌았다. 퐁타냉 부인은 가슴이 점점 더 답답해져서 응접실에라도 앉아 있을 셈으로 안으로 들어갔다. 피아노 뚜껑이 열린 채로 있었다. 소파 위에는 읽다 만 신문이 펼쳐져 있었고, 낮은 탁자 위에는 담배가 어수선하게 널려 있었다. 그 옆에는 빨간 카네이션 한 다발이 꽃병 안에서 환한 웃음을 짓고 있었다. 응접실 안을 휘둘러보자 정체 모를 불쾌감이 밀려들었다.

왜 그런 걸까? 아! 제롬의 흔적이 곳곳에 배어 있기 때문이었다. 집에서처럼 피아노를 창 앞으로 비스듬히 밀어 놓은 것도, 피아노 뚜껑을 열어 둔 것도 분명 그일 터였다. 설령 그가 하지 않았더라도 악보를 이렇게 사방으로 흩어 놓은 것은 필시 그를 위한 배려임이 틀림없었다! 이 낮고 넓은 소파, 손이 닿는 곳에 놓여 있는 담배……. 모두가 제롬이 평소에 원하던 풍경이었다! 방 안 곳곳에서 그를 위해 신경 쓴 흔적이 엿보였다. 마치 손가락 사이에 담배 한 개비를 끼우고 한쪽 팔을 늘어뜨린 채 소파 위에 즐거운 표정으로 누워 있는 그가 보이는 듯했다!

그때 양탄자 위로 가벼운 발소리가 났다. 퐁타냉 부인은 소스라치게 놀라며 소리 나는 쪽으로 고개를 돌렸다. 노에미가 레이스로 된 하늘하늘한 가운을 걸친 채 딸아이의 어깨를 잡고 나타났다. 노에미는 올해 서른다섯 살로, 갈색 머리에 키가 크고 살이 좀 찐 편이었다.

"안녕, 테레즈 언니? 미안해요. 오늘 아침부터 편두통이 있어서 서 있지도 못하겠지 뭐야. 니콜, 블라인드 좀 내려 주렴."

그러나 노에미의 말과 달리, 그녀의 두 눈은 생기 있게 빛나고 있을뿐더러 혈색도 좋아 보였다. 다만 불쑥불쑥 아무렇게나 던지는 말투로 보아, 퐁타냉 부인의 방문을 몹시 거북해 하고 있는 듯했다. 퐁타냉 부인이 니콜에게로 몸을 돌리며 "니콜, 엄마랑 할 얘기가 있으니 자리 좀 피해 주겠니?"라고 말했을 때는 그 거북함이 불안감으로 바뀌었다.

"네 방에 가서 공부해, 어서!"

노에미는 버럭 소리를 질렀다. 그러고는 사촌언니에게 함박웃음을 지어 보이며 이렇게 말했다.

"정말 걱정이에요. 저 나이에 벌써 응접실에 나와 아양이나 떨고 싶어 하니! 제니도 그래요? 하긴 나도 그랬지. 기억나요? 그러고 보니 우리 엄마도 그것 때문에 걱정을 하셨던 것 같기도 하네."

퐁타냉 부인은 남편이 어디 있는지 물어보러 찾아온 것이었다. 그런데 이곳에 제롬이 있는 것이 너무나 확실해 보였다. 자신도 모르게 모욕을 당하고 있었던 것이 틀림없었다. 노에미의 활짝 피어난 얼굴을 보고 있노라니, 괘씸한 생각이 들어서 다시 한 번 자신의 충동에 따라 움직여 보자는 엉뚱한 결심을 하고 말았다.

"앉아요, 테레즈 언니."

노에미가 말했다. 퐁타냉 부인은 의자에 앉는 대신 사촌동생에게 다가가서 손을 덥석 잡았다. 그녀의 몸짓은 억지스런 구석이라곤 전혀 없었다. 오히려 자연스럽다 못해 어딘가 모르게 위엄까지 풍기고 있었다.

"노에미……."

그녀가 말했다.

"제롬을 돌려줘."

노에미의 입가에 어렸던 미소가 금세 굳어 버렸다. 퐁타냉 부인은 그녀의 손을 계속 잡고 있었다.

"대답하지 않아도 돼. 비난하려는 게 아니야. 누가 뭐래도 그 사람이 문제지. 나는 그가 어떤 사람인지 잘 알아."

그녀는 잠시 말을 멈췄다. 숨이 가빴다. 노에미는 굳이 변명을 하려 들지는 않았다. 오히려 퐁타냉 부인의 침묵이 고마울 뿐이었다. 그녀의 말을 사실로 인정해서가 아니라, 이렇듯 불시에 질문을 받고서도 피하기 위해 즉석에서 거짓말을 꾸며낼 만큼 노에미가 교활하지는 않기 때문이었다.

"내 말 좀 들어 봐, 노에미. 아이들이 나날이 커 가고 있어. 다니엘은 벌써 열네 살이야. 그 애들에게 나쁜 영향을 끼치는 게 두려워. 나쁜 일은 정말 쉽게 전염되잖니? 이런 식으로 계속 살아선 안 되는 거잖아? 안 그래? 이렇게 나가다간 고통받는 사람이 나 하나로 끝나지 않게 될 거야."

그녀는 숨이 가쁜 나머지, 애원하는 듯이 말했다.

"이제 그만 그이를 돌려줘, 노에미."

"지금 뭐라고 하는 거예요? 아무래도 언닌 미친 것 같아!"

젊은 여자는 냉정을 되찾았다. 두 눈은 성이 나 불타오르고 입술은 앙다물어졌다.

"언니, 지금 무슨 말을 하는 거예요? 난 또 무슨 말인가 하고 끝까지 다 듣고 있었네. 아이고, 기가 막혀서! 언니, 꿈을 꾸고 있군요! 아니면 어디서 헛소문을 들었든가. 어떻게 된 영문인지 어디 말 좀 해 봐요!"

퐁타냉 부인은 아무런 말도 하지 않은 채 온화한 눈길로 사촌 동생을 바라보았다. 그 눈빛은 마치 이렇게 말하는 듯했다.

'구원받지 못할 가엾은 영혼이여! 그래도 너의 집 형편은 나보다 낫구나.'

그때 퐁타냉 부인의 시선이 노에미의 볼록하게 드러난 어깨 언저리에 머물렀다. 맑고 통통한 살결은 성긴 레이스 아래에서, 그물에 걸린 물고기처럼 팔딱거리며 요동을 치고 있었다. 순간 상상하고 싶지 않은 장면이 머릿속에 선명하게 그려져 자기도 모르게 두 눈을 질끈 감았다. 이윽고 증오의 표정이, 이어 고통의 표정이 그녀의 얼굴에 스쳐 지나갔다.

퐁타냉 부인은 지금까지의 용기가 모두 사라져 버린 것처럼, 이쯤에서 끝을 내 버리겠다는 듯이 단호한 목소리로 말했다.

"아마도 내가 잘못 생각한 모양이야. 그 사람 주소나 가르쳐 주렴. 그것도 안 된다면……. 아니다, 그 사람이 어디 있는지 알려 줄 필요 없어. 그 사람에게 이 말만 전해 줘. 꼭 만나야 할 일이 있다고……. 그 말만 꼭 전해 줘."

노에미가 상체를 일으켰다.

"무얼 전하라고요? 그 사람이 어디 있는지 내가 어떻게 알아요?"

노에미의 얼굴이 새빨개졌다.

"이제 할 말 다 했어요? 그래요, 제롬이 가끔 날 보러 오기는 해요! 그럼 어때요? 이제 와서 숨길 게 뭐가 있어요! 우리 사이에……. 참 우습군요!"

노에미는 퐁타냉 부인의 가슴 밑바닥을 할퀴기 위해 끝내 이런 말을 내뱉었다.

"그이에게 언니가 찾아와 한바탕 소란을 피우고 갔다고 전하면 참 좋아하겠군요!"

퐁타냉 부인은 뒤로 한 걸음 물러섰다.

"어떻게 나한테 그런 말을 할 수가 있니?"

"아! 좋아요. 한 마디 더 할까요?"

노에미가 응수했다.

"남편이 바람을 피우는 건 순전히 부인 잘못이에요! 만일 제롬이 다른 곳에서 애타게 구하고 있는 걸 언니에게서 찾을 수 있었다면, 지금처럼 언니가 그이를 찾아 헤맬 필요도 없지 않겠어요?"

"정말로 그렇게 생각하니?"

퐁타냉 부인은 다리에 힘이 쭉 빠졌다. 그녀는 도망가고 싶었다. 그러면서도 한편으로는 제롬의 주소도 알지 못한 채, 그를 돌아오게 할 아무런 방편도 찾지 못한 채 다시금 외롭게 남겨진다는 사실이 두려웠다. 그녀의 시선이 다시 부드러워졌다.

"노에미, 내가 한 말 다 잊어버려. 내 얘기 좀 들어 봐. 제니가 아파. 이틀째 열이 심해. 집엔 나 혼자뿐이고……. 너도 아이가 있으니까, 앓고 있는 아이 곁을 혼자서 지키는 어미의 심정이 어떤지 잘 알 거야. 제롬이 집에 들어오지 않은 지 삼 주일이나 되었어. 그사이 단 한 번도 집에 들어오지 않았단 말야. 그는 어디에 있을까? 도대체 무엇을 하고 있을까? 그래도 자기 딸이 아프다는 것 정도는 알아야 하지 않겠니? 이제 그만 집으로 돌아와야 해! 그에게 말 좀 전해 줘!"

노에미는 완강하게 고개를 저었다.

"아니, 노에미! 어쩌다 그렇게 모질어졌니? 제발 내 말 좀 들어 봐. 제니가 정말로 많이 아파. 정말이야. 그것뿐만이 아냐. 그보다 더 심각한 문제가 있어."

그녀의 목소리가 더 유순해졌다.

"다니엘이 집을 나갔어. 행방불명됐단 말이야."

"행방불명?"

"수색이라도 해야 하는데, 이런 때…… 아픈 아이를 데리고 나 혼자서 무슨 일을 할 수 있겠니? 노에미, 그냥 꼭 돌아와야 한다고만 전해 줘!"

퐁타냉 부인은 노에미가 이해해 주리라고 믿었다. 그녀의 시선에 언뜻 동정심이 어렸기 때문이다. 하지만 노에미는 곧 몸을 반쯤 돌리고는 팔을 들어 올리며 소리쳤다.

"그래서 나더러 어쩌라는 거예요? 내가 언니를 위해 무엇을 할 수 있다는 거죠!"

퐁타냉 부인이 아무 말도 하지 않자, 노에미는 분노에 차서 그녀 쪽으로 몸을 홱 돌렸다.

"언니는 내 말이 믿기지 않는 모양이죠? 그런 거죠? 그렇다면 어쩔 수 없죠. 솔직하게 말할게요. 제롬은 또 한 번 날 속였어요. 알아요? 그러곤 내가 찾을 수 없는 곳으로 도망가 버렸어요. 딴 여자하고 달아났다고요! 어디로 갔는지 알 게 뭐예요? 자, 이만 하면 날 믿겠어요?"

순간 퐁타냉 부인의 얼굴이 새파랗게 질렸다. 그녀는 기계적으로 똑같은 말을 반복했다.

"달아났다고?"

노에미는 소파에 풀썩 주저앉더니 쿠션에 머리를 묻고 흐느끼기 시작했다.

"아! 그가 날 얼마나 고통스럽게 했는지 몰라요! 내가 잠자코 있으니까 그래도 되는 줄 알았던 모양이지. 하지만 이번엔 절대로 용서할 수 없어. 제롬은 나에게 말할 수 없는 모욕을 주었어요! 내 눈앞에서, 내 집에서, 집안일을 돕던 계집아이를, 아직 스물도 안 된 어린 하녀를 건드렸다고요! 그 계집아이는 보름 전에 옷가지를 싸 들고 인사 한 마디 없이 도망쳤어요! 그때 그이는 마차 안에서 그 계집애를 기다리고 있었고요!"

노에미는 다시 일어서서 소리를 질렀다.

"우리 집 골목에서, 우리 집 대문 앞에서 백주 대낮에, 사람들이 다 보는 데서 내 하녀를 마차에 태우고……. 믿어져요?"

퐁타냉 부인은 비틀거리는 몸을 지탱하기 위해 피아노에 기댔다. 시선은 노에미를 향하고 있었지만 정작 그녀를 보고 있지는 않았다. 퐁타냉 부인의 눈앞에 몇 가지 환영이 지나갔다. 그녀는 다시 마리에트를 떠올렸다.

여러 달 전부터 몇 가지 기미가 보였다. 복도에서 나던 가벼운 말소리, 칠층으로 살금살금 올라가는 발걸음 소리……. 마침내 현장이 발각되었을 때 절망적인 목소리로 "마님, 용서해 주세요." 하고 애원하던 계집아이를 내보낼 수밖에 없었던 일이 다시 떠올랐다. 뒤이어 강변의 벤치에 앉아서 눈물을 닦고 있던 그 여자, 검은색 정장을 입고 있던 그 직장인 여성의 모습이 스쳤다. 그리고 지금 자기 눈앞에 서 있는 노에미…….

퐁타냉 부인은 몸을 돌렸다. 그러면서도 시선은 자기도 모르게 소파 위에 비스듬히 쓰러져 있는 이 아름다운 여자의 육체로, 흐느낌 때문에 레이스 아래에서 살며시 떨리고 있는 어깨 위로 다시 돌아왔다. 견딜 수 없는 또 하나의 영상이 강렬하게 다가왔다.

그때 노에미의 목소리가 봇물처럼 거세게 터져 나왔다.

"아아! 끝이야, 끝! 다시 돌아와서 무릎을 꿇고 매달려도 절대로 돌아보지 않을 거야! 그를 증오해요. 경멸한다고. 나는 그가 그저 장난으로, 그저 재미로, 그저 본능적으로 거짓말하는 걸 수도 없이 참아 냈어요! 그는 입만 열면 거짓말이야! 거짓말쟁이라고!"

"그렇지 않아, 노에미!"

노에미가 벌떡 일어섰다.

"언니가 지금 그 사람을 두둔하는 거예요? 언니가?"

퐁타냉 부인은 이내 냉정을 찾았다. 그녀는 목소리를 낮추어 다시 물었다.

"너, 정말로 주소를 모르니? 그 계집애가 어디 사는지 몰라?"

노에미는 잠시 생각에 잠기는 듯하더니 다정하게 몸을 기울였다.

"몰라요, 하지만 수위라면 여러 번……."

퐁타냉 부인은 손짓으로 그녀의 말을 끊고 문 쪽으로 급히 돌아섰다. 노에미는 태연한 표정으로 다시 쿠션에 얼굴을 묻으며 그녀가 나가는 것을 보지 못한 체했다. 퐁타냉 부인이 현관문을 막 열려고 할 때, 니콜이 달려나와 두 팔로 허리를 끌어안았다. 니콜의 얼굴은 눈물로 젖어 있었다. 하지만 퐁타냉 부인은 그 아이에게 뭐라고 위로의 말을 건넬 여유가 없었다. 니콜은 그녀에게 미친 듯이 입을 맞춘 뒤 안쪽으로 뛰어갔다.

수위는 한참 동안 쓸데없는 말을 잔뜩 늘어놓았다. 그러다 손때 묻은 장부를 펼쳐 보이며 이렇게 말했다.

"그 여자에게 오는 편지는 모조리 브르타뉴 페로기렉으로 돌려보냅니다. 아마 거기서 부모가 있는 곳으로 다시 보내겠죠. 자세히 알아보시려거든……."

퐁타냉 부인은 집으로 들어가기 전에 우체국에 들러 전보 용지에 다음과 같이 썼다.

빅토린느 르 가드 귀하.
레글리즈 광장, 페로기렉(코트뒤노르)

다니엘, 일요일부터 행방불명. 퐁타냉 씨에게 전해 주기 바람.

그리고 봉함 엽서 한 장을 사서 다른 주소를 썼다.

그레고리 목사 귀하

크리스천 사이언티스트 소사이어티, 뇌이쉬르센 시, 비노 로 2번지 B호

친애하는 제임스 씨,

이틀 전에 다니엘이 아무런 말도 없이 집을 나갔습니다. 그러고는 여태 소식이 없어요. 저는 지금 불안해서 견딜 수가 없습니다. 게다가 제니까지 앓고 있답니다. 열이 계속 나고 있는데, 왜 그런지는 아직 모르겠습니다. 이런 사실을 제롬에게 알려야 하는데, 그가 어디에 있는지도 모른답니다.

친구여, 저는 지금 아주 외롭습니다. 제발 와 주세요.

―테레즈 드 퐁타냉

제 5 장
죽음의 늪

그로부터 이틀 뒤, 그러니까 수요일 저녁 여섯 시에 키가 매우 크고 호리호리한, 그러나 나이는 짐작하기 어려운 남자가 옵세르바투아르 거리에 나타났다.

"부인을 만나 뵙기는 어려울걸요."

수위가 대답했다.

"지금 의사 선생님들이 와 계십니다. 따님이 많이 아픈 것 같아요."

목사는 계단을 올라갔다. 마침 현관문이 열려 있었다. 현관에는 남자 외투 몇 벌이 아무렇게나 걸려 있었다. 그때 간호사가 밖으로 나왔다.

"저는 그레고리 목사입니다. 제니 양이 많이 아픈가요?"

간호사가 그를 쳐다보았다.

"가망이 없어요."

그녀는 이렇게 중얼거리고는 급히 자리를 떴다. 목사는 둔기로 머리를 얻어맞기라도 한 듯이 소스라치게 놀랐다. 갑자기 주위에 공기가 모두 사라지기라도 한 것처럼 숨이 막혀 왔다. 그는 얼른 응접실로 들어가 창문을 양쪽으로 열어젖혔다.

십여 분이 지났다. 사람들이 정신없이 왔다 갔다 하고 있었다. 문이 쉴 새 없이 여닫히며 간간이 사람들의 목소리가 들려왔다. 이윽고 퐁타냉 부인이 검은 옷을 입은 나이 든 사람의 뒤를 따라 나타났다. 그녀는 그레고리를 알아보고 곧장 달려왔다.

"제임스, 와 주었군요! 아! 저를 버리지 말아 주세요."

그레고리는 빠르게 말했다.

"오늘에야 런던에서 돌아왔습니다."

그녀는 왕진을 온 의사 두 명이 무언가 이야기를 나누는 모습을 보고는 목사를 응접실 안쪽으로 이끌었다. 앙투안은 셔츠만 입은 채 현관에서 간호사가 들고 있는 대야에 대고 솔로 손톱을 닦고 있었다. 퐁타냉 부인은 목사의 두 손을 움켜잡았다. 그녀는 몰라볼 만큼 야위어 있었다. 두 뺨은 몹시 창백한 데다 살이 쭉 빠져 있었다. 입까지 덜덜 떨었다.

"아! 저와 함께 있어 주세요, 제임스. 제발 절 혼자 두지 마세요! 제니가…….."

　방 안에서 신음소리가 새어 나왔다. 그녀는 말을 마치지 못하고 방으로 뛰어 들어갔다. 그레고리는 앙투안에게 다가갔다. 그는 아무 말도 하지 않았지만, 불안한 시선이 그에게 무엇인가를 묻고 있는 듯했다. 앙투안은 고개를 저었다.

"희망이 없어요."

"오! 왜 그렇게 말씀하시죠?"

그레고리는 힐난하는 어조로 말했다.

"뇌-막-염입니다."

앙투안은 손가락으로 이마를 가리키며 끊어서 말했다.

"이상한 사람이군."

앙투안은 혼잣말을 중얼거렸다.

　그레고리의 얼굴은 누런 데다 각이 져 있었다. 죽은 사람의 것처럼 윤기 하나 없는 검은색 머리카락이 이마 주위에 아무렇게나 흩뜨려져 있었다. 눈썹 아래 붉게 충혈된 두 눈은 마치 인광처럼 빛났다. 흰자위가 별로 없어서 새까맣고 촉촉한 눈동자는 놀라우리만큼 민첩하게 움직여서 마치 원숭이의 눈을 연상케 했다. 원숭이 눈만큼 나른하고 냉혹해 보였다.

　얼굴 아래쪽은 더 기이했다. 묵묵한 웃음, 어떤 감정도 담겨 있지 않은 채 벌어진 입술은, 수염 한 오라기 없이 쭈글쭈글한 채 뼈만 앙상한 턱을 사방으로 잡아당기고 있었다.

"갑자기 그렇게 됐나요?"

그레고리가 물었다.

"열은 일요일부터 나기 시작했는데 증상은 어제, 그러니까 화요일 아침에야 확실해졌습니다. 다른 의사 선생님에게도 보여서 할 수 있는 치료는 다 해 보았습니다."

그의 시선은 잠시 생각에 잠긴 듯했다.

"다른 의사 선생님들이 무슨 말씀을 하실지 들어 봐야겠지만, 제 소견으로는……."

그가 결론을 내렸다. 그리고 금세 얼굴이 일그러졌다.

"저 가여운 아이에게 가망이……."

"오, 그럴 수가!"

그레고리는 거센 목소리로 앙투안의 말을 가로막았다. 그는 앙투안을 뚫어져라 바라보았다. 분노가 어린 두 눈은 기이한 웃음을 띠고 있는 입과는 도무지 어울리지 않았다. 그는 숨 쉬기가 힘들기라도 한 것처럼, 앙상한 손을 목으로 가져가 턱 밑을 움켜쥐었다. 그 모습이 흡사 가위에 눌린 거미와 같았다.

앙투안은 직업적인 시선으로 그레고리를 살폈다.

'확실히 균형이 맞지 않아.'

그는 혼잣말로 중얼거렸다.

'미치광이 같은 내면의 웃음, 편집증 환자의 찌푸린 얼굴이라니…….'

"다니엘은 돌아왔나요?"

그레고리가 정중하게 물었다.

"아직 아무런 소식이 없습니다."

"안됐군요, 부인께서!"

그는 다정한 어조로 중얼거렸다. 그 순간 두 명의 의사가 응접실에서 나왔다. 앙투안이 그들에게로 다가갔다.

"가망이 없어요."

제일 나이 많은 의사가 앙투안의 어깨에 손을 올리며 말했다. 앙투안은 그레고리를 돌아다보았다. 지나가던 간호사가 다가서서 낮은 목소리로 덧붙였다.

"정말로요, 선생님. 선생님도 그렇게 생각하시죠?"

그레고리는 그 말을 인정할 수 없다는 듯 몸을 돌렸다. 그는 가슴이 답답해서 참을 수가 없었다. 반쯤 열려 있는 문 너머로 계단이 보였다. 그는 계단을 성큼성큼 뛰어 내려갔다. 큰길가로 나섰다. 머리칼을 흩날리며, 거미발 같은 손으로 가슴을 움켜쥐고 저녁 바람을 한껏 들이마시면서 가로수 사이를 달리기 시작했다.

"빌어먹을 의사 놈들!"

그가 중얼거렸다. 그는 퐁타냉 일가와 가족이나 다름없이 지냈다. 십육 년 전 주머니에 동전 한 푼 없이 파리로 왔을 때, 그를 친절하게 맞이하며 의지가 되어 주었던 사람이 바로 테레즈의 아버지 페리에 목사였다. 그는 그를 잊은 적이 단 한 번도 없었다. 그의 은인이 임종을 맞을 때는 그 머리맡을 지키려고 모든 것을 제쳐두고 달려왔다. 늙은 목사는 한 손으로는 딸의 손을, 다른 한 손으로는 자신이 아들이라 불렀던 그레고리의 손을 잡은 채 세상을 떠났다. 그것은 지금도 그에게 가장 가슴 아픈 추억이었다. 그레고리는 휙 돌아서서 집으로 걸어갔다. 의사들이 타고 왔던 마차는 이미 사라지고 없었다. 그는 급히 집 안으로 들어갔다.

창문은 반쯤 열려 있었다. 그는 신음 소리를 따라 제니의 방으로 들어섰다. 커튼이 드리워져 있었다. 어둠 속에는 신음 소리만이 가득했다. 퐁타넹 부인과 간호사, 그리고 가정부가 침대 위에 몸을 숙인 채 풀밭 위에 올라온 물고기처럼 파닥거리는 작은 육체를 아주 힘겹게 붙들고 있었다.

그레고리는 손으로 턱을 받친 채 성마른 표정을 짓고는 묵묵히 서 있었다. 마침내 그는 퐁타넹 부인 쪽으로 다가갔다.

"이러다 놈들이 제니를 죽여 버리겠소!"

"뭐라고요? 애를 죽인다고요? 어째서요?"

그녀는 쉼 없이 버둥거리는 제니의 팔을 억지로 붙잡으며 우물거렸다.

"놈들을 쫓아내지 않으면 제니를 죽이고 말 거라고요."

그가 힘을 주어 다시 말했다.

"누굴 쫓아낸다는 거죠?"

"누구 할 것 없이 다요."

그녀는 어리둥절한 표정으로 그를 쳐다보았다. 그가 도대체 무슨 말을 하고 있는 것인지 알 길이 없었다. 그저 그레고리의 누런 얼굴이 무섭게 느껴질 뿐이었다. 그는 별안간 몸을 굽혀 제니의 한쪽 손을 덥석 움켜잡고는 노래하듯 부드러운 목소리로 이름을 불렀다.

"제니, 제니! 날 알아보겠니? 날 알아보겠어?"

천장을 향하고 있던 초점 잃은 눈동자가 천천히 그레고리 쪽으로 옮겨졌다. 그는 몸을 더 깊숙이 숙여서 제니의 눈을 응시하였다. 그 시선이 어찌나 집요하던지 제니의 신음이 뚝 멈추어 버렸다.

"손을 놓으세요. 제게 맡겨 주세요!"

그레고리가 세 여자에게 말했다. 어떤 이도 말을 듣지 않자, 그는 다시 한 번 강한 어조로 되풀이해 말했다.

"그쪽 손도 제게 주세요. 자, 됐습니다. 이제부터는 저에게 맡겨 주세요."

여자들이 한 걸음 뒤로 물러섰다. 그는 침대 위로 몸을 굽혀 꺼져 가는 생명의 두 눈 속에 자기(磁氣, 쇠붙이를 끌어당기는 성질) 같은 의지력을 불어넣었다. 그가 붙들고 있는 두 손은 한동안 허공을 내젓다가 곧 수그러들었다. 버둥대던 다리도 늘어졌다. 마침내 두 눈도 진정되어 천천히 감겼다. 그레고리는 여전히 몸을 구부린 채 퐁타넹 부인에게 가까이 다가오라고 손짓했다.

"보세요."

그가 중얼거렸다.

"제니가 가만히 있잖아요. 아까보다 더 안정이 되었어요. 저들을 다 내보내라고요. '벨리알(《구약 성서》에 나오는 마귀의 두목)의 자손들'을 다 내보내세요! 놈들 안에 날뛰고 있는 '죄악'이 제니를 죽일지도 몰라요!"

그는 웃고 있었다. 자기만이 영원한 진리를 알고 있고, 다른 사람들은 온통 어리석음으로 채워져 있다고 생각하는 예언자들의 묵묵한 웃음이었다. 제니의 눈동자에 시선을 고정시킨 채 그는 목소리를 낮추어 말했다.

"여인이여, 여인이여, 재앙은 존재하지 않느니라! 그것을 만드는 것은 바로 그대입니다. 그대가 그것이 있다고 믿기 때문입니다. 보십시오, 여기 있는 사람들 중에 희망을 갖고 있는 이는 단 한 명도 없습니다. 그들 모두 이렇게 말하지. '가망이······.' 그대조차도 그렇게 생각하고 있습니다. 그리고 조금 전에도 그렇게 말하려 했습니다. '가망이······.'라고. 주여, 저의 입술에 지혜를 주옵소서, 저의 입술에 지혜를 주옵소서! 이 가여운 아이······. 제가 왔을 때 이 아이 주위에는 허무와 부정만이 감돌았습니다. 하지만 저는 말합니다. '이 아이는 병들지 않았다.'고!"

그레고리가 확신에 차서 소리를 질렀다. 그 기가 그대로 전해져 와, 세 명의 여자들은 마치 감전이라도 당한 듯했다.

"이 아이는 건강합니다! 이제 제게 맡겨 주세요!"

그는 마술사처럼 조심스럽게 천천히 손가락을 편 다음, 침대 위에 얌전하게 누워 있던 소녀의 팔다리를 놓아주고 뒤로 몇 걸음 물러섰다.

"생명은 좋은 것이니라!"

그는 노래를 부르듯이 말했다.

"모든 생명은 좋은 것이니라! 지혜는 좋은 것이니라! 사랑은 좋은 것이니라! 모든 건강은 그리스도 안에 있으며 그리스도는 우리 안에 계시니라!"

그는 한쪽 구석으로 물러나 있던 가정부와 간호사 쪽으로 몸을 돌렸다.

"제발 나가 주세요. 제게 맡겨 주세요."

퐁타냉 부인도 덩달아 소리쳤다.

"어서 나가 주세요!"

그레고리는 꼿꼿이 서서 두 팔을 뻗고는 링거 병과 붕대, 잘게 부순 얼음이 들어 있는 통, 그리고 그것들이 놓여 있는 탁자에 대고 저주를 퍼부었다.

"다 가지고 나가요!"

그가 명령했다. 여자들은 곧 그의 말을 따랐다. 그레고리는 퐁타냉 부인과 둘이 남게 되자 쾌활한 목소리로 외쳤다.

"자, 이제 창문을 열어요! 활짝 열어요!"

거리의 나뭇가지를 살랑살랑 흔들고 있던 신선한 바람이 방 안으로 몰려와 소용돌이치며 탁한 공기를 밖으로 몰아내었다. 그 바람이 뜨거운 얼굴을 스치자 제니가 깜짝 놀라 움찔하였다.

"감기 걸리겠어요."

퐁타냉 부인이 속삭였다. 하지만 그레고리는 즐거운 냉소를 머금고 있을 뿐이었다. 마침내 그가 말했다.

"닫아요! 문을 닫아요. 그래요, 좋아요! 불을 밝히세요. 퐁타냉 부인, 주변을 밝혀야 합니다. 기쁨이 필요해요! 우리 마음속에도 불을 밝히고 한껏 기뻐야 합니다! '주는 우리의 등불이시며, 우리의 기쁨이시니, 내가 두려워하리까?' 주여, 당신은 제가 저주받을 시간이 오기 전에 도착하는 것을 허락하셨습니다!"

그는 두 손을 높이 들어 올리면서 덧붙였다. 그리고 침대 머리맡에다 의자를 당겨 놓았다.

"앉으세요. 진정하세요, 진정해요. 스스로를 지키세요. 오직 그리스도의 말씀만 들으십시오. 그리스도는 제니가 건강하기를 바랍니다! 그리스도와 함께 기도합시다! 선의 위대한 힘을 간청합시다. 물질은 정신의 노예일 뿐입니다. 벌써 이틀 동안이나 이 가여운 아이가 부정한 세력의 침입에서 보호되지 못했습니다. 오! 그 남자들, 그 여자들, 저는 그들이 끔찍스럽습니다. 그들은 최악의 상황만을 생각하며, 가장 해로운 것만 부르려 하고 있습니다! 그리고 자신들의 보잘것없는 확신이 사라져 버리면 모든 것이 끝났다고 믿습니다!"

가냘픈 신음 소리가 다시 들려왔다. 제니는 또다시 몸을 비틀었다. 갑자기 머리를 젖히고 입술이 벌어지며 금세라도 숨이 넘어갈 듯이 굴었다. 퐁타냉 부인은 침대 위에 엎드려 제니를 끌어안은 채 얼굴에 대고 소리쳤다.

"안 된다! 안 돼!"

그레고리는 마치 제니의 발작이 퐁타냉 부인의 책임이기라도 한 듯이 그녀 쪽으로 몸을 홱 돌렸다.

"두려운가요? 믿음이 없으신 게로군요? 주님 앞에서 두려움이란 없습니다. 두려움은 그저 육체적인 것입니다. 육체적인 것은 모두 버리세요. 그것은 진정한 그대가 아닙니다. 〈마가복음〉에서는 '너희가 기도하며 바라는 것은 하느님이 이미 주셨다고 믿으라. 그리하면 너희는 완전히 이룰 수 있으리라.'라고 말했습니다. 그러니 맡겨 두세요. 기도합시다!"

퐁타냉 부인은 무릎을 꿇었다.

"기도하십시오!"

그가 엄격한 목소리로 거듭 말했다.

"우선 너무나도 나약한 영혼, 당신을 위해서 기도하세요! 신은 우선 당신에게 신뢰와 평화를 세워 주실 것입니다! 아이가 축복받을 수 있는 것은 바로 당신의 '완전한' 신뢰 안에서입니다. 성령을 간구하세요! 저는 내 마음과 당신을 하나로 만듭니다. 기도합시다!"

그는 잠시 마음을 가다듬은 다음 기도를 하기 시작했다. 처음에는 나지막한 속삭임처럼 들렸다. 그는 팔짱을 끼고 하늘을 향해 머리를 쳐든 채 눈을 감고 서 있었다. 이마 주위에 달라붙은 머리카락이 검은 불꽃이 되어 그를 후광처럼 둘러싸고 있었다. 그의 말을 조금씩 알아들을 수 있게 되면서, 아이의 거친 숨결이 오르간 반주처럼 리듬을 타며 그의 기도와 어우러졌다.

"전능하신 하느님! 생명을 주신 주여! 당신은 당신이 창조하신 그 어떤 작은 것에도 계시지 않은 곳이 없습니다. 그러니 지금 이 사람은 마음 깊은 곳에서 당신을 부르나이다. 시험에 든 이 가정에 당신의 평화를 내려 주시옵소서. 어린아이가 누운 자리에서 생명의 사상이 아닌 것은 모두 물러나게 하여 주소서! 재앙은 그저 저희의 약한 마음속에만 있나이다. 아! 주여, 저희 안에서 '부정한 세력'을 몰아내 주소서! 당신만이 홀로 무한한 지혜이시오니, 당신께서 저희에게 하시는 것은 율법에 따라 행해지는 것이옵니다. 이제 이 여인은 죽음의 문턱에 가 있는 어린아이를 당신께 맡기려 합니다. 이 여인은 어린아이를 당신의 뜻에 맡기고, 어린아이를 떠나며, 어린아이를 바치나이다! 주께서 어린아이를 이 여인에게서 데려가셔야 하신다면, 이 여인은 당신의 뜻에 순종하나이다, 순종하나이다!"

"오! 그만해요! 안 돼요, 안 돼, 제임스!"

퐁타냉 부인이 울먹거렸다. 그레고리는 한 발자국도 움직이지 않고 무쇠 같은 손을 그녀의 어깨 위에 올려놓았다.

"믿음이 약한 여인이여, 그대가 정녕 그렇게 말하는 것입니까? 주님께서 그대에게 몇 번이나 성령을 불어넣어 주셨던 일을 잊었단 말입니까?"

"아아! 제임스, 지난 사흘 동안 저는 너무나 고통스러웠습니다. 제임스, 더 이상 견딜 수가 없어요!"

"제 눈앞의 여인."

그는 뒤로 물러서며 말했다.

"이 여인은 이미 예전의 그녀가 아닙니다. 그녀가 어찌 이럴 수 있단 말인가? 이 여인은 자신의 마음속에, 아니 하느님의 성전에까지 죄악을 불어넣어 버렸구나! 기도하십시오. 불행한 여인이여, 기도하십시오!"

다시 신경 발작을 일으킨 어린아이의 몸뚱이가 침대 위에서 공중으로 펄쩍 뛰었다. 눈이 다시금 떠졌다. 오랫동안 앓아서 퀭해진 시선은 방 안의 불빛을 차례대로 쫓고 있었다. 그레고리는 아랑곳하지 않았다. 퐁타냉 부인은 두 팔로 딸을 껴안고 경련을 진정시키려고 애를 썼다.

"지고한 능력의 소유자시여!"

그레고리가 다시 읊조렸다.

"진리인 분이시여! 당신은 말씀하셨습니다. '나를 따르는 자, 자신을 버릴지니라.'라고. 그러므로 이 여인에게서 아이를 떼어내 버리시려 하신다면, 이 어미는 기꺼이 따르겠나이다! 어미는 순종하겠나이다!"

"안 돼요, 제임스. 안 돼!"

그레고리는 몸을 굽혔다.

"일신(一身)의 뜻을 버리십시오! 내 뜻을 버린다는 것은 누룩과 같습니다. 누룩이 밀가루를 발효시키는 것처럼, 내 뜻을 버리는 것은 나쁜 생각을 삭여서 '선(善)'을 부풀어 오르게 하는 것입니다!"

그는 다시 몸을 일으켰다.

"주께서 원하신다면, 이 여인의 딸을 데려가소서, 취하소서. 이 여인은 기꺼이 버릴 것이옵니다. 바치나이다. 이 여인은 당신께 모든 것을 맡기나이다. 또한 주께서 그녀의 아들도 원하신다면……."

"안 돼요, 안 돼요!"

"주께서 이 여인의 아들 또한 부르고자 하신다면, 그 역시 마찬가지로 데려갈 수 있습니다! 그로 하여금 어미의 집 앞에 다시는 나타나지 않도록 하옵소서!"

"다니엘까지……. 안 돼요!"

"주여, 이 여인은 제 아들을 당신의 지혜에 맡깁니다. 기쁨으로 순종하나이다! 이 여인의 남편도 역시 데려가고자 하신다면 그렇게 하옵소서!"

"제롬은 안 돼요!"

그녀는 무릎으로 간신히 움직이며 신음했다.

"그도 마찬가지로 그리하소서!"

목사는 점점 더 흥분하면서 다시 말했다.

"조금도 거역하지 아니하오니, 당신의 의지대로 그리하옵소서. 빛의 근원이시여! 선의 근원이시여! 성령이시여."

그는 잠시 입을 다물었다가 그녀를 바라보지도 않고 말했다.

"그대는 희생할 각오가 되어 있습니까?"

"자비를 내려주세요, 제임스. 저는 못하겠어요."

"기도하십시오!"

몇 분이 지났다.

"그대는 희생할 각오가 되어 있습니까? '완전한' 희생을?"

그녀는 아무런 대답도 하지 않고 침대 발치에 쓰러져 버렸다. 그리고 한 시간이 흘렀다. 제니는 조금도 움직이지 않았다. 다만 빨갛게 달아오른 얼굴을 좌우로 흔들어 대고 있을 뿐이었다. 숨소리가 거칠었다. 두 눈은 뜨고 있었지만 이미 초점을 잃은 지 오래였다.

퐁타냉 부인 역시 조금도 움직이지 않았다. 그러나 그레고리는 마치 그녀가 자기 이름을 부르기라도 한 것처럼 소스라치게 떨며 그 옆으로 가서 무릎을 꿇었다. 퐁타넹 부인은 다시 몸을 일으켰다. 그녀의 얼굴에서 긴장감이 사라졌다. 그녀는 침대 위에 누워 있는 작은 얼굴을 응시하다가 팔을 거두면서 말했다.

"주여, 제 뜻대로 하지 마시고 주님의 뜻대로 이루어 주소서."

그레고리는 꼼짝도 하지 않았다. 그는 이 한 마디 말이 때가 되면 그녀의 입에서 저절로 나오리라고 확신하고 있었다. 그는 두 눈을 꼭 감았다. 온 힘을 다해 신의 은총을 구했다.

시간이 자꾸만 흘러갔다. 때때로 소녀는 마지막 남은 기력마저 잃어버리는 듯했다. 소녀에게 남아 있던 생명이 그의 시선과 함께 스러지는 것만 같았다. 어떤 때는 그 자그마한 육체가 경련으로 요동을 쳤다. 그때마다 그레고리는 제니의 손을 꼭 잡고 겸허한 목소리로 말했다.

"저희는 곡식을 거둘 것입니다! 저희는 곡식을 거둘 것입니다. 그러기 위해선 기도를 해야 합니다. 기도합시다."

다섯 시가 되자, 그는 자리에서 일어나 바닥에 떨어진 이불을 제니에게 덮어 준 뒤 창문을 열었다. 차가운 새벽 바람이 방 안으로 몰려왔다. 퐁타넹 부인은 여전히 무릎을 꿇고 있을 뿐, 그레고리가 하는 것을 막으려는 그 어떤 몸짓도 하지 않았다.

그는 발코니로 올라갔다. 아직 여명이 밝지 않은 하늘은 흐릿한 금속성의 빛깔을 띠고 있었다. 큰길가는 어둠의 골짜기인 양

움푹 파여 있었다. 하지만 뤽상부르 공원 쪽에는 어슴푸레하게 지평선이 보였다. 안개가 큰길가를 휘돌면서 검은 나뭇가지 사이에 하얀 솜처럼 서리었다.

그레고리는 떨지 않으려고 양팔에 힘을 주어 난간을 움켜잡았다. 신선한 새벽 공기가 가벼운 바람에 나부끼며 그의 축축한 이마와 밤새워 기도하느라 수척해진 얼굴을 적셨다. 어느새 집집의 지붕들은 푸른빛을 띠고 있었고, 그은 듯이 시커먼 담장에는 덧창들이 하나 둘 모습을 드러냈다.

그레고리는 동쪽을 바라보고 섰다. 어두운 밤의 구덩이에서 가녀린 햇살이 그에게로 비쳐들었다. 이윽고 장밋빛 광채가 하늘을 가득 채웠다. 온 자연이 깨어나고 있었다. 무수히 많은 분자들이 아침 공기 속에서 즐겁게 반짝였다. 그러더니 갑자기 새로운 바람이 그의 가슴을 부풀렸다. 초인적인 힘이 그레고리에게로 스며들어 그를 위로 들어 올리며 무한히 커지게 했다.

순간 그는 가능성을 의식하였다. 그의 생각이 우주에 명령을 내리는 것이었다. 그는 감히 무엇이든 할 수 있다는 생각이 들었다. 나무에게 "흔들려라!" 하면 나무가 흔들릴 것이요, 아이에게 "일어나라!"라고 외치면 아이가 일어나리라. 그는 팔을 뻗었다. 그러자 그의 몸짓을 그대로 옮겨 받은 듯이 큰길가의 나뭇가지들이 흔들거렸다. 그의 발밑에 있는 나무에서 새들이 떼를 지어 흥겹게 지저귀며 날아갔다.

이윽고 그는 침대 옆으로 다가가서 무릎을 꿇고 있는 퐁타넹 부인의 머리 위에 두 손을 얹고 소리쳤다.

"할렐루야, 사랑하는 자여! 완전히 깨끗해졌습니다!"

그는 제니에게 다가갔다.

"어둠은 물러갔다! 사랑하는 제니, 네 손을 다오."

지난 이틀 동안 아무 말도 알아듣지 못하던 제니가 천천히 손을 내밀었다.

"나를 보거라!"

아무것도 보지 못하던 풀어진 눈동자가 그에게 고정되었다.

"'그분이 죽음의 늪에서 널 건져 내시리라. 그리고 땅 위의 짐승은 그분과 함께 평안하리라.' 제니, 너는 이제 건강하다. 더 이상 어둠은 없다! 주님께 영광을! 기도하여라!"

제니의 시선에 의식이 돌아온 듯한 빛이 어렸다. 소녀는 입술을 움직였다. 정말로 기도를 하려는 것 같았다.

"사랑하는 아가야, 눈을 감으렴. 천천히……. 더 이상 아무도 방해하지 않을 거야! 기쁜 마음으로 잠을 자도록 해."

몇 분이 지나자, 비로소 제니는 이틀 만에 처음으로 깊은 잠에 빠졌다. 움직이지 않던 머리는 베개 위에 포근히 파묻혔다. 속눈썹의 그림자가 뺨 위에 드리워지고 입술은 고른 숨을 내뿜었다. 제니가 되살아난 것이었다.

제 6 장
교환 편지

그것은 회색 헝겊으로 표지를 감싼 학습용 노트였다. 선생님 몰래 자크와 다니엘이 주고받은 것이었다. 처음 몇 페이지는 다음과 같은 글이 괴발개발 적혀 있었다.

'로베르 드 피유(970~1031, 프랑스의 왕 로베르 2세)의 생몰 연대가 언제니?'
'rapsodie냐, rhapsodie냐?'
'eripuit'('그는 뽑았다'는 뜻의 라틴 어)를 우리말로는 뭐라고 하냐?'

그다음 페이지에는 자크가 쓴 시에 대한 것이라 짐작되는 주석과 수정이 가득 차 있었다. 몇 페이지 더 넘기자, 두 학생이 주고받은 편지글이 본격적으로 시작되었다.

조금 긴 첫 번째 편지는 자크가 쓴 것이었다.

파리 아미요 중학교 3학년 A반, 돼지털이란 별명을 가진 모씨의 감시를 받으며, 3월 17일 월요일 3시 31분 15초

네 정신 상태는 무관심이냐 관능적 쾌락이냐 사랑이냐? 내 생각엔 세 번째 상태가 아닌가 싶다. 다른 것들보다 훨씬 너다우니까.

내 마음을 들여다보면 볼수록 나는 인간은 그저 짐승에 불과하며, 사랑만이 사람을 승화시킬 수 있으리라는 생각이 든다. 이것이 바로 상처받은 내 마음의 소리야. 이 부르짖음은 나를 속이지 않지! 오, 사랑하는 벗이여, 만일 네가 없었다면 나는 한낱 열등생, 바보에 지나지 않았을 것이다. 내가 이상을 떠올릴 때마다 몸이 떨리는 건 모두 네 덕분이야!

나는 이 순간들을 영원히 잊지 않을 거야. 불행히도 우리가 완전히 서로의 것이 될 수 있는 시간이 너무나 짧고 또 기회가 적지만 나는 결코 잊을 수가 없다. 너는 나의 유일한 사랑! 나는 절대 다른 사람을 사랑하지 않을 거야. 너와의 수많은 추억들이 이내 나의 눈앞을 막아설 테니까.

안녕. 나는 지금 열이 나서 머리가 띵한 데다 눈까지 흐려 온다. 그 어떤 것도 우리를 갈라놓지 못할 거야, 그렇지?

오! 언제나 우리는 자유를 누릴 수 있게 될까? 언제가 되어야 우리는 함께 살며 여행할 수 있을까? 나는 외국에 나가 보고 싶어! 둘이서 함께 이곳저곳에서 영원불멸의 인상들을 거두어들이고, 그것이 가슴속에 생생하게 살아 있을 때 시로 옮겨 읊을 수 있다면!

기다리는 건 싫어. 가능한 한 빨리 답장해 줘. 내가 널 사랑하는 만큼 너도 날 사랑한다면 네 시까지는 꼭 답장해 주길 바란다!

내 마음은 네 마음을 껴안는다. 페트로니우스(고대 로마의 작가)가 천사 같은 유니스를 껴안듯이!

Vale et me ama!(잘 있어. 그리고 날 사랑해 줘!)

—J

다니엘이 다음 페이지에서 다음과 같이 답장을 했다.

비록 다른 하늘 아래에 혼자 살고 있다 할지라도, 우리 두 사람의 마음을 잇는 진정하고도 유일한 끈이, 앞으로 너에게 일어날 일들을 모두 알게 하리라는 생각이 든다. 우리의 깊은 우정 앞에서는 시간도 흐르지 않는 것 같구나.

네 편지가 내게 준 기쁨을 말로 표현하는 건 불가능하다. 너는 내 진정한 친구가 아니던가? 아니, 너는 지금 그 이상의 것, 나의 진정한 반쪽이 되어 있지 않은가? 네가 내 정신 세계를 형성하는 데 도움을 주었던 것처럼 나도 네 정신 세계를 형성하는 데 도움을 주었던 게 아닌가?

아, 편지를 쓰면서 이 모든 것이 더욱 진실하고 강렬하게 느껴진다! 나는 살아 있음을 느낀다! 그리고 내 안에 있는 모든 것이, 육체가, 정신이, 마음이, 상상력이 내가 영원히 믿어 의심치 않는 너의 사랑으로 살아 꿈틀거린다. 오, 내 진실한 단 하나의 친구여! 나는 너의 애정을 결코 의심하지 않겠다.

P. S. 나는 엄마께 자전거를 팔아 달라고 했어. 너무 낡았거든.

—D

다음은 자크의 다른 편지이다.

오, dilectissime!(나의 정다운 벗이여!)

너는 어떻게 금세 유쾌해졌다가 금세 슬퍼졌다가 할 수가 있니? 나는 미칠 듯이 즐겁다가도 쓰디쓴 기억에 사로잡히곤 해. 그래, 난 알고 있어. 앞으로는 결코 경박하게 그저 즐거워할 수만은 없다는 것을! 내 앞에는 언제나 도달하기 어려운 이상(理想)이라는 유령이 서 있으니까.

아! 나는 가끔 이 세상의 외진 곳에서 삶을 보내는, 핏기 없이 창백한 얼굴의 수녀들이 느끼는 황홀감을 이해할 수 있을 것 같아! 날개를 가지고 있으면서도, 아, 감옥의 철창에 부딪혀 무참히 날개를 꺾여 버려야 하다니! 나는 적대적인 세상에 혼자 서 있다. 사랑하는 아버지는 나를 도저히 이해하지 못해. 아직 나이도 어리건만, 이미 내 뒤에는 줄기를 잘린 풀과, 비로 변한 이슬, 채워지지 않는 욕망과 쓰디쓴 절망이 있지!

내 사랑아, 나의 이런 처량한 심정을 용서해 다오. 나는 성장통을 앓고 있는 모양이다. 머리가 이글이글 끓어오른다, 그리고 마음도……. (정말로 맹렬히 끓고 있어.) 함께 있자. 우리 함께 암초를, 그리고 쾌락이라 부르는 그 소용돌이를 피해 가자.

내 손 안에서 모든 것이 사라졌다. 그러나 오오, 진정한 벗이여! 나에겐 한 가지-그것은 우리의 비밀-나는 너의 것이라는 무한한 기쁨이 있다!

P. S. 기도문을 암송해야 해서 서둘러 편지를 끝맺는다. 그런데 아직 한 줄도 외우지 않았어. 제길! 오, 사랑하는 벗이여, 만일 네가 없었다면 난 진작에 자살하고 말았을 거야!

—J

다니엘이 곧 답장을 썼다.

친구여, 너는 왜 그렇듯 고통스러워하는 거니?
젊디젊은 네가 왜……? 오, 사랑하는 친구여, 이리도 젊은 네가 왜 삶을 저주한단 말인가? 그건 옳지 않아! 너는 말했지. 네 영혼이 지상에 묶여 있다고……. 공부하라! 희망을 가지라! 사랑하라! 책을 읽으라!

어떻게 하면 네 마음을 짓누르는 고통에서 널 벗어나게 해 줄 수 있을까? 어떻게 하면 그 절망의 외침을 그치게 할 수 있을까? 아니다, 친구여. 이상이란 인간의 본성과 상반되는 것이 아니다. 친구여, 그것은 그저 시인들이 만들어 낸 환상에 불과한 것이 아니다!

설명하기 어렵지만, 내 생각에 '이상'은 세상에서 가장 하찮은 것에 위대함을 부여하는 것이 아닐까 싶다. 말하자면 우리가 만드는 모든 것을 위대한 존재로 만드는 것이다. 그것은 창조주가 신성한 능력을 가지라고 우리 안에 불어넣은 모든 것을 완전하게 발전시키는 것이다. 너, 내 말 이해하니? 바로 이것이 내가 생각하는 '이상'이다.

죽을 때까지 충실한 친구여, 많이 꿈꾸고 많이 고민했기에 인생의 경험이 많은 친구를 믿는다면, 언제나 너의 행복만을 바라고 있는 친구를 믿는다면, 너는 너를 이해하지 못하는 사람들과, 너를 경멸하는 바깥세상에서 살고 있는 것이 아니라, 언제나 너만을 생각하며, 모든 일에 있어서 너처럼, 너와 똑같이 느끼는 어떤 사람(그건 나다.)을 위해 살고 있다는 사실을 잊지 말아야 한다.

아! 우리만이 가지는 이 따뜻한 우정이 네 상처를 달래는 성스러운 향유가 되기를. 오, 내 친구여!

—D

자크는 지체 없이 다음 페이지에 이렇게 휘갈겨 썼다.

  미안하다, 사랑하는 친구여! 이것은 순전히 과격하고 허황되며 경박한 나의 성격 탓이다! 나는 암담한 절망에 빠져 있다가도 엉뚱한 희망을 품곤 한다. 배의 밑바닥에 있다가도 순식간에 구름 위까지 떠오르곤 한다! 정녕 나는 아무것도 영원히 사랑할 수 없는 것일까? (너 빼놓고! 그리고 내가 꿈꾸는 예술도!!!) 이것이 내 운명이다! 이 고백을 받아 다오!

  나는 너를 숭배한다. 너의 너그러움은 도저히 숭배하지 않을 수가 없으며, 꽃 같은 감수성 역시 그러하다. 또한 네 모든 생각과 네 모든 행동, 네 모든 사랑의 기꺼움 안에 깃들어 있는 진지함을 숭배한다. 나는 네 모든 애정과 감동을 너와 함께 느낀다! 우리가 서로 사랑할 수 있게 한 섭리에, 비록 고독으로 황폐해져 있을지라도 다시 떨어질 수 없을 만큼 굳건히 하나 되어 있음에 감사하자!

  날 버리지 말아 다오!
  그리고 우리는 서로 안에
  사랑의 열정적인 대상을
  가지고 있음을 영원히 기억하자!
                                   —J

그다음에는 늘씬하고 힘찬 다니엘의 글씨가 두 페이지에 걸쳐 길게 씌어 있었다.

4월 7일 월요일

친구여,

내일이면 나는 열네 살이 된다. 작년 이 무렵엔 '열네 살이라…….' 하고 마음속으로 중얼거렸지. 시간은 마치 붙잡을 수 없는 아름다운 환상이기라도 한 듯이 흘러흘러 우리를 시들게 한다. 그러나 변한 것은 아무것도 없다. 우리는 언제나 우리인 것이다. 나 역시 기운이 빠지고 나이를 먹었다는 느낌 말고는 아무것도 변하지 않는다.

어젯밤에 나는 자리에 누우면서 뮈세의 책을 손에 들었다. 지난번에 처음 몇 줄을 읽었을 때부터 나는 전율하였다. 때때로 나도 모르게 눈물이 흘러내리기도 했지. 어제는 오랫동안 잠을 이루지 못하며 흥분에 휩싸여 있었다. 그러나 아무런 감격도 오지 않더구나. 단지 문장 하나하나가 무척 매끄럽게 다듬어져 있다는 생각이 들었을 뿐. 오, 망령됨이여! 마침내 시적인 감정이 마음에서 우러나와 감미로운 눈물이 쏟아지면서 비로소 감동을 받았다.

아, 내 마음이 메마르지 않기를! 생활에 찌들어 나의 마음과 감각이 무디어지는 것이 두렵다. 나는 나이를 먹어 간다. 벌써 신이나 정신, 사랑에 대한 위대한 생각들이 더 이상 예전처럼 내 가슴속에서 벅찬 감동으로 다가오지 않는다. 그리고 모든 것을 쏟아 버리는 '회의(懷疑)'가 나의 마음을 아프게 하곤 한다. 슬프다. 어째서 이론을 들먹이는 대신 마음의 힘으로 살아갈 수 없는 것인가?

우리는 너무 이론만 따진다! 나는 아무것도 돌아보지 않고, 이런저런 생각 없이 위험 속으로 몸을 던질 수 있는 젊음의 용기가 부럽다! 나는 내 세계 안에 웅크리고 있지만 말고, 두 눈을 꼭 감은 채 고매한 사상과 순결한 이상을 가진 '여인'에게 내 몸을 바치고 싶다! 아, 구제할 길 없는 갈망이란 참으로 고통스럽다!

너는 나의 진지함을 높게 평가하고 있지만, 그것이야말로 나의 불행이자 저주받은 운명이다! 나는 이 꽃에서 저 꽃으로 꿀을 빨기 위해 날아다니는 꿀벌은 아니다. 나는 오히려 장미꽃 속에 틀어박혀 있는 풍뎅이와 같은 신세다. 그 속에 살다가 꽃이 꽃잎을 아물어 버리면 그 지고한 포옹에 질식하여 숨이 끊어지고 마는…….

오, 내 친구여! 너에 대한 내 사랑도 그토록 충실하다, 너는 나를 위해 이 황량한 땅 위에 피어오른 다정한 장미꽃. 네 마음 가장 깊은 곳에 내 어두운 슬픔을 묻어 다오.

P. S. 부활절 방학 동안 아무 걱정 말고 편지를 써도 돼. 우리 엄마는 내 편지를 내 허락 없이 뜯어보지 않으셔. (하지만 너무 이상한 이야기는 안 돼.)

나는 졸라의 《괴멸(壞滅)》을 다 읽었다. 너에게 빌려 주고 싶구나.

나는 몸이 떨릴 만큼 감동적이었어. 힘차고 심오하며 아름다워. 나는 이제 《젊은 베르테르의 슬픔》을 읽기 시작했어. 아! 친구여. 이것이야말로 책 중의 책이다! 쥐프의 《그 남자와 그 여자들》도 구했는데, 《젊은 베르테르의 슬픔》을 먼저 읽을 생각이야.

—D

자크는 그에게 다음과 같이 엄숙한 내용의 글을 써 보냈다.

내 친구의 열네 번째 생일을 맞이하여,

세상에는 낮이면 말할 수 없는 고통에 괴로워하고, 밤이면 잠을 이루지 못해 뒤척이고, 마음속에는 관능의 만족감으로도 채우지 못하는 공허를 느끼며, 쾌락의 한가운데에서 즐거워하는 사람들 속에서도 갑자기 시커먼 날개를 펼친 고독이 뒤덮이는 것을 느끼는 사람이 있다. 세상에는 그 어떤 것도 바라지 않고, 그 어떤 것도 두려워하지 않으며, 삶을 증오하면서도 버릴 용기가 없는 사람이 있다. 그 사람은 곧 '신을 믿지 않는 자'이다!

P. S. 이 편지를 잘 간직해 두렴. 네 마음이 한없이 처량해져서 어둠 속에서 헛되이 울부짖고 싶어질 때, 이 글을 다시 읽도록 해.

—J

"방학 동안 공부 좀 했어?" 하고 다니엘이 어느 페이지의 위쪽에서 물었다. 그러자 자크가 다음과 같이 대답했다.

나는 〈아르모니우스와 아리스토지통〉과 같은 유의 시를 한 편 완성했다. 첫머리가 꽤 근사하게 시작되었어.

아베 가이사! 여기 푸른 눈의 골리아 여인이 있다.
당신을 위해 바치나니, 잃어버린 조국의 정든 춤!
마치 백조의 무리, 눈 내리는 강변의 한 송이 연꽃처럼
허리는 가볍게 떨면서 휘어지고
황제여! 무거운 칼은 번쩍이나니
보아라, 이는 고향의 춤이다!

등등……. 마지막은 이렇게 끝난다.

어이하여 너의 얼굴빛은 창백한가, 가이사여!
슬프도다! 슬프고도 슬프도다!
날카로운 칼끝이 무희(舞姬)의 목을 찔렀더이다!
술잔은 떨어지고 두 눈은 감기어
피투성이가 된 몸뚱이
달빛 고요한 밤에 벌거숭이의 춤!

호숫가에 타오르는 밝은 불빛 앞에

가이사의 잔치를 위한

금발 여전사의 춤은 끝났도다!

나는 이 시에다 〈붉은 제물〉이라는 제목을 붙였어. 그리고 이 시에 어울리는 춤도 있어. 나는 그 춤을 올랭피아 극장에서 출 수 있도록 로이플러에게 바치고 싶다. 그런데 그 무용수가 받아 줄까?

며칠 전부터 나는 정형시, 특히 고전 시대의 유명한 시인들처럼 각운을 맞춘 시를 짓기로 결심했다. (그것이 너무 어려워서 그동안 내가 경멸했던 것 같아.) 지난번에 너에게 말했던 순교자를 소재로 절마다 운을 맞춘 시를 한 편 썼어. 자, 처음은 이렇게 시작한다.

나자로 회, 고(故) 페르부아르 신부에게 바침

1839년 11월 20일, 중국에서 순교

1889년 1월, 시복식(諡福式, 죽은 뒤 복자품에 올릴 때 행하는 의식)

     거행

경배하노라, 성스러운 선교자여, 그대의 숭고한 순교는

두려움에 빠진 온 누리를 공포로 떨게 하도다!

허락하시라, 나의 노래가 리라에 맞추어 그대를 노래함을,

그대, 우리들 하느님의 백성의 영웅을

그러나 어젯밤부터 나는 내가 진정으로 할 수 있는 일은 시를 쓰는 게 아니라, 소설, 내게 끈기가 좀 있다면 장편 소설을 쓰는 것이라는 생각이 들었어. 나는 지금 엄청난 주제를 구상하고 있는데……. 들어 봐.

한 처녀가 있는데, 천재 예술가의 딸이자 그녀 역시 예술가야. (약간 가벼운 장르라고 해야 할까. 하여간 자신의 이상을 가정생활에 두지 않고 미를 표현하는 데 두고 있어.) 그녀는 감상적이지만 부르주아적 근성을 가진 청년의 사랑을 받고 있지. 그 여자의 야성미에 매혹되었다고나 할까. 하지만 곧 그들은 서로를 몹시 증오하면서 헤어지게 돼. 청년은 정숙한 시골 처녀와 가정을 꾸리고, 그녀는 사랑의 상처를 안은 채 방탕한 생활에 빠져. (혹은 그녀의 천재성을 하느님께 바친다. 어떻게 할지 잘 모르겠어.)

줄거리는 대강 이래. 친구여, 어떻게 생각해?

아아, 어떠한 기교도 부리지 않고 자연 그대로를 따를 것……. 그리고 자신이 창조하기 위해 태어났다는 사실을 깨닫는다면 자신이 얼마나 중대하고 훌륭한 사명을 띠고 있는지 느낄뿐더러, 그 위대한 임무를 수행하기 위해 최선을 다할 수밖에 없지. 그래, 성실할 것! 모든 일에, 그리고 언제나 성실할 것!

아! 이런 생각이 얼마나 집요하게 나를 쫓아다니는지! 나는 내 안에서, 모파상이 《물 위에서》란 기행문에서 말한 가짜 예술가, 가짜 천재들의 허위를 얼마나 많이 발견했는지 몰라. 그럴 때마다 혐오감으로 구역질이 치밀어 오르곤 한다.

오! 내 사랑하는 친구여, 너를 내게 주신 하느님께 내가 얼마나 감사하고 있는지 넌 모르겠지? 우리는 우리 자신을 제대로 알기 위해서, 그리고 우리가 가진 진정한 천재성에 환상을 갖지 않기 위해서 서로를 얼마나 필요로 할 것인지!

나는 너를 숭배한다. 그리고 오늘 아침처럼 네 손을 굳게 잡는다. 너도 알고 있지? 무한한 기쁨 속에 전적으로 네 것인 나의 온몸을 다 바쳐서!

조심해라. 모씨가 우리를 아니꼬운 눈초리로 바라보았어. 그가 살루스티우스를 읽고 있는 한 우리가 얼마나 고귀한 사상을 가지고 있는지, 그 고귀한 사상을 친구와 나누는 일이 얼마나 기쁘고 행복한 일인지 전혀 이해하지 못할 거야!

—J

다시 자크의 편지. 이 편지는 글씨를 몹시 휘갈겨 써서 거의 알아볼 수가 없었다.

Amicus amico!(벗으로부터 벗에게!)
가슴이 터질 것만 같아! 이 격노의 파도를 가능한 한 모두 이 종이 위에 쏟아 보련다.

고민하고 사랑하고 희망하기 위해 태어난 나는, 희망하고 사랑하고 고민한다! 내 삶은 딱 두 줄로 요약할 수 있다. 나에게 살아갈 힘을 부여하는 것은 사랑……. 나는 단 하나의 사랑을 가졌을 뿐. 그것은 바로 너다!

나는 어렸을 때부터 내 마음을 지배해 온 이런 것들을, 나를 온전히 이해할 수 있을 누군가에게 털어놓고 싶었어. 예전에는 나와 닮은 상상의 인물에게 얼마나 많은 편지를 썼는지 몰라! 하지만 슬프다! 나 스스로에게 취하여 그토록 많은 말을 하다니……. 아니, 편지를 썼으니…….

그러다 갑자기 하느님은 내 마음속에 존재하던 상상의 인물에게 육신을 주셨다. 오, 내 사랑이여! 그게 바로 너다! 어쩌다 이런 일이 시작되었을까? 아무리 생각해도 알 수 없는 일이다. 하나하나 더듬어 봐도 빠져나갈 수 없는 관념의 미로 속에서 헤맬 뿐 그 실마리를 찾을 수가 없다.

하지만 우리의 사랑만큼 숭고하고 열정적인 것이 또 있을까? 무언가와 비교를 한다는 것은 헛수고일 뿐이다. 우리의 커다란 비밀 앞에서는 모든 것이 빛을 잃는다! 이것이야말로 우리 두 존재를 따뜻하게 하고 찬란히 빛나게 하는 태양이다! 그러나 이 모든 것을 글로 다 표현하는 것은 쉽지 않다! 글로 써 놓고 보면, 사진 속의 한 송이 꽃과 크게 다르지 않기 때문이다!

이제 그만 쓸 테야!

너는 아마도 도움과 위안과 희망을 필요로 할 텐데, 나는 정다운 말은커녕 자기 자신밖에 모르는 이기적인 마음만 적어 보내는구나.

사랑하는 친구여, 용서하라! 나는 너에게 도저히 다른 식으로는 쓸 수가 없다. 나는 지금 위기를 겪고 있다. 내 마음은 산골짜기 작은 개울의 자갈 바닥보다 더 메말라 있다. 모든 것에 대한 불안, 아니 자기 자신에 대한 불확실성보다 더 잔인한 괴로움이 또 어디 있을까?

차라리 나를 경멸해 다오! 더 이상 내게 편지를 쓰지 마! 다른 사람을 사랑하는 편이 나아! 나는 '너'라는 고귀한 선물을 받을 자격이 없다!

오! 운명의 장난이여. 너는 나를 어디로 이끄는가? 어디로? 허무로!!!

내게 편지해 줘! 나에게 네가 없다면 죽어 버릴 거야!

Tibi eximo, carissime!(그대에게, 마음으로부터 사랑하는 벗이여!)

—J

비노 신부는 노트 말미에다, 자크가 가출하기 전날에 빼앗은 쪽지를 끼워 두었다. 필체는 자크의 것이었다. 연필로 알아볼 수 없을 만큼 휘갈겨 썼다.

비열하게 아무런 증거도 없이 비난하는 사람들에게 치욕이 있으라. 치욕과 불행이 닥치기를!

이 모든 음모는 비열한 호기심에서 비롯된 것이다! 그들은 우리의 우정을 방해하려 하고 있으며, 그 방법은 말할 수 없이 파렴치하다!

비겁한 타협은 없다! 폭풍을 무릅쓰고 나가자! 그렇게 못할 바엔 차라리 죽자!

우리의 우정은 중상과 위협을 초월한 것이다!

그것을 보여 주자!

―죽을 때까지, 너의 것인 J

제 7 장
끝없는 방황

　그들은 일요일 밤 자정이 지난 시각에 마르세유에 도착했다. 흥분은 이미 다 가신 뒤였다. 그들은 어둠침침한 열차의 나무 의자 위에 누워 잠을 잤다. 열차가 역에 이르른 뒤, 전차대(기관차·객차·운반차·승합자동차 따위의 차량이 방향을 전환하여 한 선에서 다른 선으로 옮기기 위한 회전식 설비)에서 나는 요란한 소리에 놀라 잠이 깨었다. 그러고는 불안감을 감추지 못한 채 두 눈을 끔벅이며 몽롱한 기분으로 플랫폼에 내려섰다.

　잘 곳을 찾아야 했다. 역 맞은편에는 '호텔'이라는 글자가 적힌 하얀 전등 아래에서 주인이 손님을 끌려고 주위를 두리번거리고 있었다. 두 사람 중에서 좀 더 침착한 편인 다니엘이 주인에게 다가가 하룻밤을 자겠노라며 침대 두 개짜리 방을 청했다. 그는 의심스런 눈초리로 몇 가지 질문을 던졌다. 그들은 그런 질문에 일찌감치 대비를 해 두었다. 아버지가 파리 역에서 잃어버린 짐을 찾으러 가는 바람에 기차를 놓쳐 버렸다. 아버지는 다음 날 첫 차로 도착할 것이다…….

주인은 휘파람을 불면서 험상궂은 눈초리로 그들을 뜯어보았다. 그러다 마침내 숙박부를 펼쳤다.

"여기다 이름을 써라."

그가 다니엘에게 말했다. 왜냐하면 다니엘이 형처럼 보이는 데다, 적어도 열여섯 살은 된 듯했기 때문이다. 아니, 그보다는 용모를 비롯해 몸 전체에서 풍기는 분위기가 왠지 자크보다 더 대접을 해 줘야 할 것 같은 생각이 들었다.

다니엘은 호텔 안으로 들어가면서 모자를 벗었다. 수줍어서가 아니었다. 그가 모자를 집어 팔을 내리는 동작에는 독특한 분위기가 있었는데, 그것은 "내가 모자를 벗는 것은 특별히 당신을 위해서가 아니라 단지 예의를 갖추기 위한 것뿐이에요."라고 말하는 것처럼 보였다.

검은 머리카락은 좌우로 갈라 단정히 빗겨 있었으며, 새하얀 이마 한가운데에는 모자에 눌려 줄이 생겨나 있었다. 조용하면서도 의지가 강해 보이는 얼굴선에서는 난폭해 보이는 구석이라고는 조금도 찾아볼 수 없었다. 그의 시선에는 주저하거나 허세를 부리는 기색이 전혀 없었다. 그는 조금도 머뭇거리지 않고 호텔 주인이 시키는 대로 숙박부에 '조르주 르그랑, 모리스 르그랑'이라고 적었다.

"방값은 7프랑이다. 선불이고……. 첫 차는 다섯 시 삼십 분에 도착한다. 그때 깨우도록 하마."

두 사람은 배가 고파 죽을 지경이었으나, 차마 그런 내색을 하지는 못했다. 방 안의 가구라고는 침대 둘, 의자 하나, 대야 하나가 전부였다. 방 안으로 들어서자마자 그들은 똑같이 당혹스러움을 느꼈다. 서로가 보는 앞에서 옷을 벗어야 했기 때문이다. 졸음이 순식간에 달아나 버렸다. 그들은 어색한 시간을 조금이라도 늦추기 위해서 침대에 걸터앉아 가진 돈을 계산해 보았다. 다 합쳐 보니 88프랑이었다. 그것을 둘로 똑같이 나누었다.

자크는 주머니에서 코르시카 단도, 오카리나, 25상팀(프랑스의 화폐 단위. 1상팀은 1프랑의 100분의 1)짜리 단테의 번역판, 반쯤 녹은 초콜릿 하나를 꺼냈다. 자크는 초콜릿을 잘라 다니엘에게 절반을 주었다. 그다음에는 무엇을 해야 할지 몰라 한참 동안 멍하니 앉아 있었다.

다니엘은 시간을 보내기 위해 구두끈을 풀었다. 자크도 따라 했다. 마침내 다니엘이 결심을 하였다. 그러고는 "자, 불 끈다. 잘자." 하며 촛불을 입으로 훅 불어서 껐다. 그들은 아무 말 없이 침대 속으로 재빨리 기어 들어갔다.

다음 날 아침, 다섯 시가 채 되지 않았을 때 방문을 두드리는 소리가 났다. 그들은 어슴푸레한 새벽빛을 조명 삼아 유령처럼 옷을 입었다. 무언가 말을 하는 것이 두려워서 주인이 가져온 커피마저 거절한 채 고픈 배를 움켜쥐고 차디찬 기차역의 식당으로 발걸음을 옮겼다.

정오쯤 되었을 때, 그들은 마르세유를 이리저리 싸돌아다니고 있었다. 날이 밝은 데다 자유의 몸이 되었다는 생각이 그들을 한결 대담하게 만들어 주었다. 자크는 지금 자신의 눈에 비치는 거리의 인상을 놓치지 않기 위해 수첩을 하나 샀다. 그리고 가끔씩 멈춰 서서 영감이 떠오르는 대로 기록을 했다. 그들은 빵과 소시지를 사서 부둣가로 갔다. 그리고 배를 묶어 놓은 밧줄 위에 걸터앉은 채, 정박해 있는 커다란 기선과 흔들거리는 작은 배들을 바라보았다.

그때 선원이 밧줄을 풀려고 다가오는 바람에 그들은 자리에서 일어나지 않으면 안 되었다.

"이 배들은 모두 어디로 가는 거예요?"

자크가 용기를 내어 물었다.

"다 달라. 어느 배 말이니?"

"저쪽에 있는 큰 배요."

"마다가스카르로 간단다."

"정말이요? 그럼 좀 있으면 배가 떠나는 걸 볼 수 있어요?"
"아니. 저건 목요일이 되어야 떠나는걸. 배가 떠나는 것을 보고 싶으면 오늘 저녁 다섯 시에 와 봐. 저기 있는 라파예트호가 튀니스로 떠날 테니까."

그들은 그만하면 필요한 정보는 다 얻은 셈이었다.

"튀니스."

다니엘이 지적했다.

"거긴 알제리가 아니잖아."

"그래도 아프리카잖아."

자크가 빵을 베어 물며 말했다. 갈색 머리카락이 아무렇게나 난 풀줄기처럼 좁은 이마 위에 흐트러져 있는 데다 머리 양옆으로 오똑 튀어나와 있는 귀, 가느다란 목, 쉴 새 없이 찡그리는 작은 코, 게다가 그물 더미에 몸을 기댄 채 쪼그려 앉아 있는 꼴이 마치 너도밤나무 열매를 갉아먹고 있는 다람쥐와 닮아 있었다.

다니엘이 빵을 베어 물다 말고 이렇게 말했다.

"저 말이야, 자크, 이쯤에서 집에다 편지를 쓰면 어떨까?"

자크의 눈초리가 그의 말을 잘랐다.

"미쳤어?"

자크는 입 안에 빵을 한가득 밀어 넣은 채 버럭 소리쳤다.

"우리가 내리자마자 잡으러 오라고?"

그는 분노 어린 눈빛으로 다니엘을 바라보았다. 워낙에 못생

긴 데다 주근깨까지 다닥다닥 박혀 있어서 더욱 밉상인 얼굴 위에 짙푸른 빛깔의 작은 눈이 생기를 띠며 반짝거렸다. 그의 시선은 하도 변화무쌍해서 단번에 읽어 내기가 쉽지 않았다. 때로는 진지하고 때로는 장난기가 넘쳤다. 가끔씩은 부드러움을 넘어 다정하기까지 하다가 갑자기 심술이 끓어올라 한없이 잔인해지기도 하며, 또 가끔씩은 사소한 일에도 눈물을 글썽이다가 어느 순간 감정이 메말라 그 어떤 일에도 감동을 느낄 수 없을 듯이 보였다.

  다니엘은 뭐라고 대꾸를 하려다가 입을 다물었다. 자크의 분노에 아무런 저항도 없이 타협을 하고 있었다. 그는 무안하다는 듯 짐짓 미소를 지어 보였다. 그의 미소는 독특한 데가 있었다. 자그맣고 도톰한 입술의 가장자리가 왼쪽으로 살짝 올라가면서 하얀 이가 드러났다. 그럴 때면 그의 진중한 용모에 뜻밖의 쾌활한 빛이 떠올라 그만의 매력을 드러내 주었다.

  왜 이 사려 깊고 듬직한 소년이 저 개구쟁이 소년의 기세를 꺾으려 하지 않는 것일까? 그가 받은 교육과 그가 누렸던 자유로운 가정생활로 보면, 응당 자크에게 여러 가지 권리를 행사할 만하지 않은가.

  그뿐만이 아니다. 그들이 처음 만났던 중학교에서 다니엘은 그 누구보다 모범생이었고 자크는 열등생이 아니었던가. 다니엘의 명석한 머리는 남들의 기대를 항상 앞질러갔다. 반대로 자크는 공부를 못했다기보다는 공부를 잘해 보려고 노력을 기울여 본 적이 아예 없었다.

머리가 나빠서였을까? 그렇지 않다. 불행히도 그의 머리는 공부와는 아주 다른 방향으로 뻗어 나가고 있었다. 자크의 마음속에는 마귀 한 마리가 도사리고 있어서, 틈만 나면 그를 꾀어 온갖 엉뚱한 짓을 다 시켰다. 그는 지금껏 한 번도 마귀의 유혹을 이겨 본 적이 없었다. 그 자신 역시 아무런 양심의 가책도 느끼지 않았을뿐더러 오히려 마귀의 그런 욕망을 채워 주는 일에 만족스러움을 느끼는 듯했다.

아니, 그보다 더 이해할 수 없는 일도 있었다. 자크가 학급에서 꼴찌를 하고 있었지만, 같은 반 친구들은 물론 교사들조차 그에게서 눈길을 떼지 못했다. 습관과 규율 속에서 개성을 잃어 가는 학생들 속에서, 틀에 박힌 생활 때문에 자기도 모르게 매너리즘에 빠져 있던 교사들 옆에서, 그 열등생은 비록 볼품없는 외모를 하고 있긴 했지만 자기 나름의 방식으로 정직과 의지를 강렬하게 표출했던 것이다. 그는 자기가 만든, 오로지 자기만을 위한 허구의 세계에서 살아가는 것만 같았다. 그 어떤 위험이나 모험도 두려워하지 않았다. 그래서 이 작은 악동은 공포를 불러 일으키는 한편, 무의식적인 존경심도 자아내었다.

다니엘은 자기보다 세련되지는 않았지만 감정이 훨씬 풍부할 뿐 아니라 끊임없이 놀라게 하면서 깨달음을 주는 그에게 누구보다 먼저 큰 매혹을 느꼈다. 그 역시 뭐라 꼬집어 말하기는 어렵지만 격동적인 기질이 있는 데다 자유와 반항을 열망하는 마음이 컸기 때문이다. 반면에 자크는 가톨릭계 학교의 준기숙생인 데다가 종교 생활을 대단히 중요시하는 가정에서 태어났기 때문에 자신을 둘러싸고 있는 장벽을 어떻게든 뛰어넘는 쾌감을 맛보기 위해 일부러 이 프로테스탄트 소년의 흥미를 사려고 노력했다.

자크는 그를 통해서 자신의 세상과 대립되는 세상을 엿보고 싶어 했다. 그러나 불과 몇 주 만에 그들의 우정은 맹렬하게 타오르는 불길과도 같이 열렬한 애정으로 변하고, 거기에서 자신들도 미처 깨닫지 못하던, 그들을 은근하게 괴롭히고 있던 정신적 고독에 대한 위로를 찾아냈다.

순결한 사랑, 신비한 사랑, 그 속에서 그들의 청춘은 미래를 향해 똑같은 열정으로 융합하고 있었다. 그들 열네 살 소년의 마음을 휩쓸고 있던 격렬하고도 모순되는 감정―누에 기르기와 글자 맞추기 놀이 따위에 대한 열정에서부터 그들 내부의 은근한 비밀들, 그리고 하루하루를 살아가면서 그들의 마음속에 샘솟던 삶에 대한 열광적인 호기심에 이르기까지 모든 감정이 두 소년에게는 공통되었던 것이다.

다니엘의 묵묵한 미소는 자크의 마음을 쉽사리 누그러뜨렸다. 자크는 다시 빵을 먹기 시작했다. 그의 얼굴 아랫부분은 티보가 특유의 상스러움을 띠고 있었다. 그리고 지나치게 큰 입에 여기저기 갈라지고 터져 있는 입술은 비록 볼썽사납긴 했지만, 표정이 풍부한 데다 의지적이며 감각적이었다. 그는 머리를 흔들었다.

"두고 봐. 난 알고 있어."

그가 단언했다.

"튀니스에서 사는 건 아주 쉬워! 원하기만 하면 누구나 일할 수 있대. 베텔(빈랑나무의 열매로, 껌이나 씹는 제품에 주로 사용된다.)이란 걸 껌처럼 씹는데, 그게 아주 맛있다더라고. 품삯도 그날그날 바로 쳐 주고……. 대추야자나 밀감 같은 것도 마음껏 먹을 수 있다나 봐."

"거기 가면 집에다 편지를 쓸 거지?"

다니엘이 용기를 내어 말했다.

"글쎄."

자크는 머리를 흔들며 고쳐 말했다.

"우리가 정착을 잘 해서, 그들의 도움 없이도 잘 지낼 수 있다는 것을 보여 줄 수 있을 때라야지."

두 사람 다 입을 다물었다. 다니엘은 먹기를 멈추고, 눈앞에 있는 커다란 배들과, 햇빛이 가득한 보도블록 위에서 북적거리고 있는 사람들, 그리고 복잡하게 얽혀 있는 돛대들 너머 수평선을 바라보고 있었다. 그는 그러한 풍경들을 바라보며 엄마를 생각하지 않으려고 애를 썼다. 지금 중요한 것은 그날 저녁에 라파예트호에 승선하는 일이었다.

카페의 종업원이 해운 회사가 어디 있는지 가르쳐 주었다. 뱃삯을 적어 놓은 표가 창구 밖에 걸려 있었다. 다니엘은 창구를 기웃거렸다.

"저, 아버지가 튀니스로 가는 삼등칸 표 두 장을 사 오라고 해서 왔는데요."

"너희 아버지가?"

늙은 매표원은 하던 일을 계속하면서 말했다. 높게 쌓아 올린 서류 더미 너머로 그의 이마만 간신히 바라보였다. 그는 무언가를 부지런히 적고 있었다. 두 소년의 마음은 조마조마해서 숨이 멎을 것만 같았다.

"그러면 말이다."

매표원은 얼굴을 들지도 않은 채 말했다.

"아버지가 직접 오셔야 한다고 전해라. 신분증을 꼭 지참하시고⋯⋯. 알았니?"

그들은 사무실에 있는 사람들이 자기들을 유심히 바라보고 있다는 것을 느꼈다. 두 소년은 대답도 하지 못하고 서둘러 그곳을 빠져나왔다. 자크는 화가 나서 두 손을 호주머니 깊숙이 찔러 넣었다. 그의 상상력은 어느새 여러 가지 수단을 궁리하고 있었다. 견습 선원으로 써 달라고 하면 어떨까? 아니면 먹을 것을 챙겨서 못을 박은 궤짝 안에 숨어서 여행을 하는 건 어떨까? 차라리 작은 배를 한 척 빌려서 낮에는 노를 저어 해안을 따라가고, 밤에는 선창에다 돛을 내리고 여관의 테라스 앞에서 오카리나를 연주하며 구걸하면 지브롤터를 거쳐 모로코까지 갈 수 있지 않을까?

다니엘은 생각에 잠겨 있었다. 그는 마음으로부터 벌써 여러 차례 경고를 받고 있었다. 그런데 이번에는 도저히 빠져나갈 수가 없었다. 그의 내부에서 불만스러운 목소리가 자꾸만 반대 의견을 표명하고 있었다.

"우리, 그냥 마르세유에 잘 숨어 있으면 어떨까?"

다니엘은 어렵게 말을 꺼냈다.

"이틀도 못 가서 잡히고 말겠지."

자크는 어깨를 으쓱하며 대꾸했다.

"오늘쯤이면 벌써 이곳저곳 사방으로 우리를 찾고 있을 거야. 틀림없어."

다니엘은 걱정에 휩싸인 채 제니에게 질문을 퍼부으며 채근하고 있을 엄마의 모습이 눈에 선했다. 그리고 자기에게 무슨 일이 생겼는지 알아보기 위해 엄마가 교도 부장을 만나러 가는 장면이 떠올랐다. 그러자 미칠 것만 같았다.

"들어 봐."

다니엘은 벤치를 발견하고 걸터앉으며 말했다.

"지금 우린 잘 생각해야 해."

그는 용기를 내어 말을 이었다.

"어쨌든 그들은 이삼 일 동안 우리를 찾느라 고생을 할 테니까……. 그걸로 충분히 벌을 받는 셈이 아닐까?"

자크가 두 주먹을 불끈 쥐었다.

"아냐, 아냐, 그렇지 않아!"

자크가 큰 소리를 질렀다.

"넌 벌써 다 잊어버렸어?"

잔뜩 긴장을 해서 그런지, 벤치에 그가 앉아 있는 게 아니라 딱딱한 나무토막이 걸쳐져 있는 것만 같았다. 그의 눈은 학교, 비노 신부, 중학교, 교도 부장, 아버지, 사회, 아니 인간 세상 전체가 지니고 있는 불의에 대해 원망의 불길을 내뿜고 있었다.

"그들은 절대로 우리 말을 믿지 않을 거야!"

그의 목소리가 거칠어졌다.

"그들은 우리의 회색 노트를 훔쳐 갔어! 그들은 우리를 절대로 이해하지 못해. 이해라곤 도무지 할 줄 모르는 인간들이야! 그놈의 신부가 자백시키려고 용을 쓰던 꼴을 네가 봤다면! 그 위선적인 태도라니! 그들은 단지 네가 프로테스탄트라는 이유로 무슨 짓이든 다 할 수 있다고 생각해."

그는 분노를 감추기 위해 시선을 다른 데로 돌렸다. 다니엘도 눈을 내리깔았다. 엄마가 그들에게 의심을 받을지도 모른다는 생각이 들자, 가슴을 에는 듯한 통증이 몰려왔다. 그는 나직이 중얼거렸다.

"그들이 엄마에게 모두 말했을까?"

그러나 자크는 다니엘의 말을 듣고 있지 않았다.

"아냐, 아냐, 그렇지 않아."

그는 거듭 소리쳤다.

"너, 약속을 잊어버린 건 아니겠지? 변한 것은 아무것도 없어! 그런 압박은 이제 진절머리가 나! 끝이야! 우리가 그들 없이도 잘 살아갈 수 있다는 것을 행동으로 보여 주면 돼. 그들이 우리를 얼마나 존경하겠니? 해결책은 하나밖에 없어. 도망가는 거야. 이 나라를 떠나서 그들 없이도 잘 벌어먹고 살면 돼! 그게 다야. 그때가 되면, 그래, 그들에게 편지를 써서 우리가 어디에 있는지 알려 주자. 그리고 우리는 생사를 같이하는 사이니까, 이후로도 쭉 친구로 지내겠다는 것과 자유롭게 지내겠다는 것을 강력하게 선언하는 거야!"

그는 입을 다물었다. 그리고 흥분을 가라앉히고 침통한 목소리로 덧붙였다.

"그렇지 않으면, 전에도 네게 말했지만 난 죽어 버릴 거야."

다니엘은 놀란 눈으로 그를 바라보았다. 주근깨가 박힌 그의 작은 얼굴은 무척 단호해 보였다. 허풍이라곤 조금도 느껴지지 않았다.

"너에게 맹세할게. 나는 무슨 일이 있어도 그들의 손아귀에 다시 잡히지 않을 거야! 그 전에 내가 어떤 아이인지 확실하게 보여 줄 테야. 도망을 치거나, 아니면 이거지."

자크는 조끼 밑에서 코르시카 단도 한 자루를 꺼내어 보여 주었다. 일요일 아침에 형의 방에서 가져온 것이었다.

"아니면 이거……."

그는 종이로 싸서 실로 동여맨 작은 약병을 주머니에서 꺼내면서 말했다.

"이제 와서 네가 나하고 배를 같이 타기 싫다고 한다면, 뭐 아주 간단하지. 꿀꺽!"

그는 약병 안에 든 내용물을 삼키는 시늉을 했다.

"그럼 즉사지."

"그, 그게 뭐, 뭔데?"

다니엘이 더듬거리며 물었다.

"요드팅크(피부의 항감염제로 사용되는 요오드와 요오드나트륨을 묽은 알코올에 녹인 제제)."

자크가 눈을 똑바로 뜨고 정확하게 발음했다. 다니엘이 애원했다.

"그거 이리 줘. 티보, 제발……."

그러나 자크는 이미 약병을 호주머니 속에 집어 넣은 뒤였다.

다니엘은 겁이 나긴 했지만 애정과 감탄으로 가슴이 뿌듯해

저 왔다. 그는 자크의 범상치 않은 매력에 다시금 사로잡혔다. 그러자 모험에 대한 호기심이 다시 고개를 쳐들었다.

"걷자."

그가 어두운 눈빛으로 말했다.

"앉아 있으면 머리가 잘 돌아가질 않아."

네 시경 그들은 부두로 돌아왔다. 라파예트호 주위는 몹시 부산스러웠다. 어깨에 나무 상자를 짊어진 노동자들의 행렬이 마치 알을 나르는 개미 떼처럼 배에 걸쳐 놓은 판자 다리를 건너가고 있었다.

두 소년도 그 행렬에 섞여들었다. 자크가 몇 발짝 앞서 걸었다. 반들반들하게 닦아 놓은 갑판 위에서는 선원들이 권양기(밧줄이나 쇠사슬로 무거운 물건을 들어 올리거나 내리는 기계)로 짐짝들을 선창 바닥에다 떨어뜨리고 있었다. 몸집이 크고 매부리코에 말발굽 모양의 수염을 기르고 있는, 털이 검고 살가죽이 불그스름하며 기름이 번지르르하게 흐르는 사내가 소매에 금줄을 두른 윗도리를 입은 채 작업을 지휘하고 있었다.

일이 끝나 갈 때쯤 되자, 자크는 자신감이 조금 떨어져 몇 발짝 뒤로 물러섰다.

"저어……."

다니엘이 모자를 벗으며 천천히 말했다.

"아저씨가 이 배의 선장이세요?"

그가 웃었다.

"왜 그러니?"

"여쭤 볼 것이 있어서요. 저와 동생, 둘인데……."

다니엘은 말을 미처 끝맺기도 전에 다 틀렸구나, 하는 생각이 들었다.

"튀니스로…… 가려고 하는데요."

"이렇게? 둘이서?"

사내는 눈을 끔벅이며 말했다. 핏대가 선 눈에서 광채가 뿜어 나와서 그런지, 그의 목소리가 무척 대담하면서도 의미심장하게 들렸다. 다니엘은 미리 준비한 거짓말을 계속해 나갈 수밖에 없었다.

"저희는 아버지를 찾으러 마르세유로 왔는데요. 아버지가 튀니스에 일자리를 급히 구하시는 바람에 곧장 가 버리셨어요. 저희더러 거기로 오라는 내용의 편지를 보내 놓으시고……. 물론 뱃삯을 치를 돈도 있고요."

그가 즉흥적으로 덧붙였다. 그러나 생각나는 대로 내뱉고 나자, 그 말 역시 앞서 했던 말과 마찬가지로 서툴기 짝이 없다는 생각이 들었다.

"그래, 이곳에선 누구네 집에 머무르고 있지? 어디에 살고 있느냐고……."

"저희는…… 아무데서도 안 살아요. 역에서 이리로 곧장 왔거든요."

"마르세유에 아는 사람이 하나도 없다고?"

"어, 없어요."

"그래, 오늘 저녁에 배를 타겠단 말이니?"

다니엘은 하마터면 아니요, 라고 대답하고 달아나 버릴 뻔하였다. 그는 더듬더듬 대답했다.

"네, 아저씨."

"좋다, 이 얼간이들아."

사내가 빈정거렸다.

"우리 대장에게 걸리지 않은 것을 천만다행으로 생각하여라. 우리 대장은 그 따위 수작은 질색이니까. 단박에 너희 놈들을 꽁꽁 묶어서 경찰서로 끌고 가 모조리 실토시킬걸. 하기야 요 따위 망할 놈들에겐 그렇게 하는 게 마땅하지."

그는 버럭 소리를 지르며 다니엘의 소매를 움켜잡았다.

"이봐, 샤를르, 요 꼬마 녀석들을 꼭 붙들어. 나는……"

자크는 그들의 낌새를 재빨리 알아차리고는 샤를르가 내민 팔을 잽싸게 뿌리치고 짐짝들을 뛰어넘어 판자 다리 쪽으로 달아났다. 그리고 원숭이처럼 짐꾼들 사이를 헤치고 부두까지 온 뒤 왼쪽으로 무작정 달려갔다. 그때 다니엘은? 자크는 뒤를 돌아보았다. 다니엘 역시 달아나고 있었다! 다니엘은 개미 떼 같은 짐꾼들의 행렬을 밀치며 사다리를 통통 굴러 내려와 부둣가에 이르자 오른쪽으로 냅다 달리기 시작했다.

한편 선장인 줄 알았던 그 사내는 뒷갑판에 비스듬히 기대어 서서 그들이 도망치는 꼴을 웃으면서 바라보고 있었다. 자크는 다시 달리기 시작했다. 좀 있다가 만날 수 있겠지. 지금은 사람들 틈에 끼어 부두에서 가능한 한 멀리 달아나는 게 상책이다.

십오 분 뒤, 자크는 숨을 헐떡이며 변두리의 인적 없는 길에 혼자 멈춰 서 있었다. 그는 어쩌면 다니엘이 잡혔을지도 모른다고 생각하면서 심보 고약한 만족감을 느꼈다. 싸다. 어차피 다니엘이 일을 그르친 게 아닌가. 지금 그는 다니엘이 미워서 견딜 수가 없었다. 차라리 다니엘을 팽개치고 이참에 혼자서 시골로 도망쳐 버릴까, 하는 생각까지 들었다.

그는 담배를 사서 한 대 피워 물었다. 하지만 신작로를 지나서 멀리 빙 돌다 보니, 자기도 모르게 부두 쪽으로 되돌아오고 말았다. 라파예트호는 아직 그대로 있었다. 그는 멀리서 삼층으로 된 갑판과 빽빽하게 들어찬 사람들을 보았다. 배는 출항 준비를 하고 있었다. 사크는 이를 부드득 갈았다. 그리고 힘없이 발길을 돌렸다.

그는 누구에게라도 화풀이를 해야겠다는 생각이 들어서 다니엘을 급히 찾기 시작했다. 이 골목 저 골목을 헤매다가 번화한 카느비에르 거리로 접어들었다. 그는 잠시 군중 속으로 끼어 들어갔다가 다시 되돌아 나왔다. 소나기를 머금은 더위가 시내를 무겁게 짓누르고 있었다. 자크는 땀으로 흠뻑 젖었다. 이렇게 많은 사람들 속에서 어떻게 다니엘을 만날 수 있을까? 찾을 가망성이 없다고 생각하자, 친구를 찾고자 하는 욕망이 더욱더 강렬해졌다. 담배와 열기로 바짝 마른 입술이 타는 듯이 뜨거웠다. 이제 사람들의 눈에 띄는 것도 두렵지 않고, 멀리서 들려오는 천둥소리도 두렵지 않았다. 그는 이리저리 마구 달렸다. 다니엘을 찾아 헤매다 지치자 눈이 아파오기 시작했다.

갑자기 도시의 모습이 변했다. 햇빛이 보도블록에서 올라오는 것 같더니, 건물의 정면이 보랏빛을 띤 하늘에서 오려 낸 것처럼 도드라져 보였다. 소나기가 쏟아졌다. 굵은 빗방울이 보도블록 위에서 별꽃을 피우듯이 튀어올랐다.

그때 아주 가까이서 천둥소리가 울려 퍼지자, 자크는 소스라치게 놀라며 몸을 움츠렸다. 그는 동그란 기둥이 늘어서 있는 건물 앞 층계 밑을 지나가고 있었다. 이윽고 성당의 정문이 나타났다. 문은 활짝 열려 있었다. 그는 그 안으로 들어갔다.

그의 발자국 소리가 둥근 천장 아래에서 크게 울렸다. 낯익은 향기가 콧속으로 스며들자 곧 안도감이 느껴졌다. 이제 그는 혼자가 아니었다. 하느님이 그의 곁에서 보호를 해 주고 있었다. 집을 떠나온 이후로 한 번도 하느님을 생각해 보지 않았다. 그런데 지금 갑자기 그의 가슴속 깊은 곳에 있는 그 어떤 비밀까지 낱낱이 꿰뚫어보는 보이지 않는 '시선'이 그의 머리 위에 날개를 펼친 채 떠돌고 있는 것만 같았다! 자기 같은 큰 죄인이 여기에 있음으로 해서 성스러운 자리를 더럽히는 듯만 싶었다. 또한 하느님이 저 높은 하늘에서 자기에게 벼락을 내릴 수도 있다는 생각이 들었다.

  비가 지붕 위로 세차게 퍼붓고 있었다. 이따금 번쩍이는 번개가 제단 뒤의 색유리창을 비추곤 했다. 우레는 연거푸 소리를 치며 마치 죄인을 찾는 것처럼 둥근 천장 아래로 소년의 주위를 굴러다녔다. 자크는 기도대에 무릎을 꿇고 앉아 머리를 숙인 채 '주기도문'과 '성모송'을 반복해서 외었다.

  이윽고 요란한 천둥소리가 뜸해지더니, 곱디고운 햇살이 색유리창 너머로 내리비쳤다. 눈앞의 위험은 지나갔다. 그는 어쩐지 속임수를 써서 용케 잡히지 않았다는 느낌이 들었다. 그는 의자에 걸터앉았다. 마음속에 한 가닥 죄의식이 남아 있었다. 그러면서도 정의의 심판을 피할 수 있었다는 깜찍한 자부심은, 겁에 질려 있었던 상황임에도 불구하고 달콤한 쾌감을 불러왔다.

  주위가 어둑어둑해졌다. 그는 거기서 무엇을 기다리고 있었던 것일까? 마음이 진정되면서 긴장이 풀어지자, 마치 그곳이 교회가 아니라도 한 듯 어렴풋하게 불만과 권태가 느껴졌다. 제단 위에서 흔들거리는 촛불을 물끄러미 바라보았다. 잠시 후 성당의 관리인이 문을 닫으러 왔다. 자크는 기도도 하지 않고 무릎도 꿇지 않은 채 도둑처럼 서둘러 그곳을 빠져나왔다. 그는 자신이 하느님의 용서를 받지 못한 채 그 자리를 떠난다는 사실을 잘 알고 있었다.

시원한 바람이 젖은 보도블록을 말리고 있었다. 지나다니는 사람들은 많지 않았다. 다니엘은 어디에 있을까? 사고가 난 건 아니겠지. 만일 그때 다니엘이 나타나 차도를 건너 이쪽으로 오고 있었다면, 자크는 주체하기 힘든 애정으로 기절이라도 했을 것이다.

아쿨르 성당에서 여덟 시를 알리는 종이 울렸다. 집집의 창문에 불이 켜졌다. 그는 배가 고파서 빵을 샀다. 절망에 빠진 나머지 지나가는 사람들을 살펴볼 생각도 하지 않고, 무작정 앞으로 앞으로 걸어 나갔다. 피곤한 몸을 이끌고 두 시간 정도 헤매다가, 어느 한적한 길목에서 나무 그늘에 놓인 벤치를 발견하였다. 그는 지칠 대로 지쳐 그 위에 털썩 주저앉았다. 벤치 위에 가지를 늘어뜨리고 있는 플라타너스에서 물방울이 뚝뚝 떨어져 내렸다.

얼마 후, 거친 손이 그의 어깨를 흔들었다. 잠이 들었던 것일까? 경찰이었다. 그는 이제 죽었구나, 하는 생각이 들었다. 그러자 두 다리가 후들거렸다.

"집으로 돌아가라, 빨리!"

자크는 도망치듯 그 자리를 벗어났다. 지금은 다니엘조차 생각나지 않았다. 발이 아팠다. 그는 경찰을 피해 걷다가, 다시 부두 쪽으로 돌아갔다. 거리의 시계가 열두 시를 가리키고 있었다.

바람은 멎었다. 색색의 등불이 둘씩 둘씩 물 위에서 흔들리고 있었다. 부두에는 아무도 없었다. 그는 짐짝 사이에서 코를 골고 있는 거지의 다리에 걸려 넘어질 뻔했다. 그러자 두렵다는 생각보다는 당장 아무 데서라도 누워 자고 싶은 욕망이 일었다. 그는 몇 발자국 더 걸어갔다. 그러고는 커다란 방수용 천막의 한쪽을 들치고 젖은 나무 냄새가 풍기는 짐짝들 사이로 비집고 들어가 잠이 들었다.

한편 다니엘은 자크를 찾아 다니고 있었다.

그는 역 주변과 그들이 묵었던 호텔 부근, 그리고 해운 회사 근처를 헤매었으나 아무런 소득이 없었다. 그는 다시 부두로 내려갔다. 라파예트호가 머물렀던 자리는 이제 비어 있었다. 부두는 쥐 죽은 듯 고요했다. 소나기 때문에 산책하던 사람들이 모두 집으로 돌아간 모양이었다.

다니엘은 고개를 푹 숙인 채 시내로 돌아왔다. 소나기가 그의 어깨를 후려쳤다. 그는 자크와 함께 먹기 위해 먹을거리를 좀 산 다음, 둘이서 아침에 들어갔던 카페로 가 자리를 잡고 앉았다. 거리에는 여전히 소나기가 쏟아지고 있었다. 집집마다 창문의 블라인드를 걷어올렸다. 카페의 종업원도 머리에 수건을 쓰고 테라스로 나가 널따란 천막을 감아올렸다. 트롤리 전차가 경적도 울리지 않은 채 납빛 하늘에 안테나의 불꽃을 튀기며 지나갔다. 빗물이 쟁기의 보습처럼 레일의 양쪽으로 흘러내리고 있었다.

다니엘은 발이 흠뻑 젖은 데다 관자놀이가 몹시 무거웠다. 자크는 어떻게 되었을까? 절망과 불안에 휩싸인 채 거리를 헤매고 있을 걸 생각하자 가슴이 아파서 견딜 수가 없었다. 그는 자크가 틀림없이 그곳, 그 빵집 모퉁이로 나타날 것이라 생각하고 길목을 지켰다. 온몸이 흠뻑 젖은 자크가 진창길에 구두를 끌면서 핏기 가신 얼굴로 주위를 두리번거리는 모습이 눈에 선했다. 몇 번이나 그는 소리를 지를 뻔하였다. 그러나 그때마다 모르는 아이들이었다. 그들은 빵집으로 뛰어 들어갔다가 빵이 가득 든 봉투를 품에 안고 다시 나왔다.

두 시간이 지났다. 비는 이제 그쳤다. 날이 저물어 가고 있었지만 다니엘은 차마 그곳을 떠날 수가 없었다. 자기가 자리를 뜨면 금세라도 자크가 나타날 것만 같았기 때문이다. 망설이고 망설이다, 그는 역 쪽으로 힘겹게 발걸음을 옮겼다. 그들이 묵었던 호텔 현관에는 여전히 하얀색 전등이 켜져 있었다. 거리는 어두웠다. 이렇게 컴컴한데……. 이 어둠 속에서 마주쳤다가 서로를 알아보지 못한 채 그냥 스쳐 지나가는 것은 아닐까?

그때 "엄마!" 하고 외치는 소리가 들렸다. 다니엘은 자기 또래의 소년이 길을 건너와 어떤 부인에게로 달려가 안기는 것을 보았다. 부인은 소년에게 입을 맞춰 주었다. 그들은 그의 곁을 지나갔다. 부인은 지붕에서 떨어지는 빗물을 맞지 않으려고 우산을 폈다. 아들은 엄마의 팔을 꼭 붙들고 있었다. 그들은 이야기를 나누며 어둠 속으로 사라졌다. 기관차가 기적을 울렸다. 다니엘은 북받쳐 오르는 슬픔을 주체할 수가 없었다.

아아, 자크를 따라온 것이 잘못이었다! 그는 그것을 잘 알고 있었다. 처음부터, 그러니까 그날 아침 뤽상부르 공원에서 만나 이 어처구니없는 모의를 결정한 그때부터 그 생각이 머리를 떠나지 않았다. 그렇다, 그는 잠시라도 이러한 확신, 즉 도망가지 말고 엄마에게 달려가 모든 것을 털어놓았더라면, 엄마는 야단을 치기는커녕 모든 사람으로부터 자신을 보호해 주었을 것이라는 확신을 떨쳐 버릴 수가 없었다. 왜 유혹에 지고 말았을까? 그는 자신이 수수께끼 속에 말려 들어가 있는 것만 같았다.

그는 일요일 아침, 현관 앞에 서 있던 자신의 모습을 다시 떠올려 보았다. 제니가 그가 들어오는 소리를 듣고 달려 나왔다. 탁자 위에 학교 소인이 찍힌 노란 봉투가 놓여 있었다. 아마 퇴학을 당한 거겠지. 그는 그 봉투를 탁자 아래 양탄자 밑에다 감추었다. 제니는 아무 말 없이 날카로운 시선으로 그의 행동을 쏘아보았다. 무언가 좋지 않은 일이 벌어졌다는 것을 알아차린 듯했다. 나중에는 다니엘의 방까지 따라 들어와 오빠가 용돈을 모아 둔 지갑을 꺼내는 것을 보았다. 소녀는 오빠를 두 팔로 꼭 끌어안은 채 입을 맞추며 숨도 못 쉬게 하면서 이렇게 물었다.

"왜 그래? 뭘 하려는 거야?"

결국 그는 자신이 집을 나가기로 한 것, 교사들이 모두 한통속이 되어 자기를 억울하게 처벌하려 한다는 것, 그래서 며칠 동안 몸을 피해야 한다는 것 등을 고백하였다. 제니는 냅다 소리를 질렀다.

"혼자서?"

"아냐, 친구랑 같이."

"누구?"

"티보."

"나도 같이 가!"

그는 제니를 끌어당겨서 무릎 위에 앉힌 다음 나지막한 목소리로 말했다.

"그럼 엄마는 어떻게 해?"

제니는 울음을 터뜨렸다. 그가 말을 이었다.

"걱정하지 않아도 돼. 다른 사람 얘기는 아무것도 곧이듣지 말고……. 며칠 있다가 편지할게. 그리고 꼭 돌아올게. 하지만 나한테 한 가지만 약속해 줘. 내가 들렀다 갔다는 것, 네가 날 보았다는 것, 내가 집을 나가기로 했다는 것, 그건 어떤 일이 있어도 말하면 안 돼. 다른 사람은 물론, 엄마한테도…….”

  소녀는 아무 말 없이 고개를 끄덕였다. 그가 입을 맞춰 주려고 하자, 제니는 울음을 터뜨리며 자기 방으로 달아나 버렸다.

  그 비통한 절망의 울부짖음이 아직도 귀에 생생했다. 다니엘은 발걸음을 재촉했다. 어디로 가고 있는지도 모른 채 무작정 앞으로 걸어갔다. 한참 만에 고개를 들었을 때는 마르세유에서 꽤 떨어진 변두리에 와 있었다. 길은 질퍽이는 데다 가로등도 거의 없었다. 길 양쪽의 어둠 속에서는 컴컴한 구멍과 뜰로 들어가는 통로, 악취를 풍기는 복도 들이 보였다. 집 안에서 어린 아이들이 시끄럽게 떠들어 대는 소리가 들려왔다. 야릇한 불빛을 뿜어내는 술집에서는 음악 소리가 요란하게 흘러나왔다.

  다니엘은 옆으로 꺾어져 다른 방향으로 한참을 걸었다. 마침내 신호등이 보였다. 역 가까이로 온 것이었다. 그는 피곤해서 쓰러질 것만 같았다. 야광 시계가 한 시를 가리키고 있었다. 밤은 앞으로도 한참 동안 더 이어질 것이었다. 어떻게 하면 좋을까? 그는 숨을 돌릴 만한 자리를 찾았다. 아무도 없는 막다른 골목 어귀에서 가스등이 흔들리고 있는 것이 보였다. 그는 불빛이 비치는 곳을 지나 그늘진 자리에 웅크려 앉았다. 왼쪽에는 공장의 커다란 담벽이 우뚝 서 있었다. 그는 거기에 등을 기대고 눈을 감았다.

까무룩 잠이 들었던 것일까? 다니엘은 여자 목소리에 화들짝 놀라 눈을 번쩍 떴다.

"너, 어디 사니? 설마 여기서 자려던 건 아니었지?"

그녀는 그를 밝은 곳으로 데리고 나왔다. 다니엘은 뭐라고 대답해야 좋을지 몰라 망설였다.

"너, 아버지한테 꾸중 들었구나, 그렇지? 그래서 집에 못 들어가는 거지?"

목소리는 부드러웠다. 그는 그 거짓말을 받아들였다. 다니엘은 모자를 벗고 공손히 대답했다.

"네, 아주머니."

그녀가 웃음을 터뜨렸다.

"'네, 아주머니'라고? 어쨌든 집엔 들어가야지. 나도 그런 경험이 있어. 하지만 오늘이나 내일이나 결국은 항복하고 말 걸 그러고 있으면 뭘 하냔 말이지. 시간을 끌면 끌수록 더 괴롭기만 하잖아."

다니엘이 계속해서 입을 다물고 있자, 그녀는 역성을 들어주기라도 하려는 듯 한결 다정한 목소리로 물었다.

"매 맞을까 봐 무섭니?"

그는 아무런 대꾸도 하지 않았다.

"괴짜로구나!"

그녀가 말했다.

"고집이 이렇게 센 걸 보니 여기서 밤을 새우기라도 하겠는걸! 자, 우리 집에 가자. 아무도 없어. 방에다 요를 깔아 줄게. 어린애를 길에 버려둘 수는 없잖니?"

그녀는 도둑 같아 보이지는 않았다. 다니엘은 더 이상 혼자가 아니라는 사실이 위로가 되었다. 그는 "감사합니다." 하고 인사라도 전하고 싶은 심정이었다. 하지만 묵묵히 여자의 뒤를 따라갔다.

잠시 후 여자가 나지막한 문 앞에 멈춰 서서 초인종을 눌렀다. 문은 한참 만에야 열렸다. 복도에는 빨래 냄새가 풍기고 있었다. 그는 좁은 층계를 오르다 여기저기 몸을 부딪혔다.

"난 습관이 되어서 괜찮아."

그녀가 말했다.

"자, 내 손을 잡아."

여자의 손은 따뜻했다. 그는 그대로 몸을 맡겼다. 한데 있지 않아도 되는 것만으로도 다행스러웠다. 좋았다. 그들은 층계를 서너 층 올라갔다. 여자가 열쇠를 꺼내어 문을 열고 등잔을 켰다. 방 안은 몹시 지저분했다. 침대 위에는 이불과 옷가지가 뒤섞인 채 흐트러져 있었다.

다니엘은 불빛 때문에 눈을 끔벅이며 멍하니 서 있었다. 지칠 대로 지쳐서 거의 잠이 든 상태나 마찬가지였다. 여자는 모자도 벗지 않은 채 침대 위에서 요를 내려 옆방으로 끌고 갔다. 그러다 뒤를 돌아보며 생긋 웃었다.

"졸려 죽겠지? 그래도 신발은 벗고 자야지!"

그는 나른한 손으로 신발을 벗었다. 자크도 같은 처지에 있으려니, 하는 희망을 품은 채 다음 날 아침 다섯 시엔 꼭 기차역 식당에 가 보리라고 마음먹었다. 그는 더듬거리며 말했다.

"내일 아침에 일찍 깨워 주세요."

"알았다, 알았어."

그녀가 웃으며 대답했다.

다니엘은 여자가 넥타이를 풀고 옷을 벗는 것을 도와주는 것을 느꼈다. 그는 요 위에 풀썩 쓰러져 깊이 잠이 들었다.

다니엘이 눈을 떴을 때는 이미 날이 밝아 있었다. 그는 파리의 자기 방에 있는 걸로 착각을 하였다. 그러다 커튼 사이로 스며드는 햇빛을 보고 속으로 깜짝 놀랐다. 그제야 모든 것이 생각났다.

옆방은 문이 열려 있었다. 젊은 여자가 세면대 위에 몸을 구부린 채 물을 튀기며 세수를 하고 있었다. 그녀는 고개를 돌리더니, 다니엘이 팔꿈치로 바닥을 짚고 일어나는 것을 보고 큰 소리로 웃기 시작했다.

"아! 이제 일어났구나."

저 여자가 어젯밤에 본 그 아주머니인가? 내의 차림에 짧은 치마를 입고 팔다리를 훤히 드러내 놓은 그녀의 모습은 생각보다 어려 보였다. 어젯밤에는 모자를 쓰고 있어서, 소년같이 짧게 자른 갈색 머리칼을 뒤로 쓸어 넘기고 있다는 걸 알아차리지 못했다.

순간 다니엘은 자크가 떠올라 화들짝 놀랐다. 가슴이 덜컹 내려앉았다.

"아! 큰일이다."

그가 소리쳤다.

"아침 일찍 역에 가려고 했는데……."

그러나 자는 동안 그녀가 덮어 준 이불이 너무나 따뜻해서 아직도 온몸이 노곤하였다. 게다가 방문까지 훤히 열려 있어서 일어날 용기가 나지 않았다. 그때 여자가 김이 모락모락 나는 찻잔과 버터를 바른 빵을 가지고 방 안으로 들어왔다.

"자, 먹어. 요기는 하고 가야지. 난 말이야, 네 아버지와 말썽 나는 게 싫거든!"

다니엘은 셔츠 바람에 단추를 풀어헤치고 있는 자신의 차림새가 몹시 어색하게 느껴졌다. 게다가 여자가 목과 어깨를 훤히 드러낸 채 자기에게로 가까이 오는 것도 거북스러웠다. 여자는 몸을 굽혔다. 다니엘은 눈을 내려뜬 채 어색함을 감추기 위해 서둘러 빵을 먹기 시작했다. 그녀는 슬리퍼를 질질 끌고 콧노래를 부르며 이 방에서 저 방으로 왔다 갔다 했다.

그는 찻잔에서 눈을 들지 못했다. 하지만 그녀가 자기 옆을 지나갈 때면 굳이 보려고 하지 않아도 핏줄이 비치는 날씬한 종아리와 슬리퍼 밖으로 나온 발그레한 발뒤꿈치가 눈에 들어왔다. 빵을 베어 물자 목이 메었다.

다니엘은 예상할 수 없는 일들이 펼쳐질 것만 같은 이 하루의 시작이 어쩐지 불안하게 느껴졌다. 순간 자기 집 아침 식탁에 자기 자리가 비어 있으리라는 데 생각이 미쳤다.

갑자기 햇살이 방을 가득 채웠다. 여자가 덧문을 열어젖혔던 것이다. 그녀의 생기발랄한 목소리가 마치 새의 지저귐처럼 햇살 속으로 터져 나왔다.

아! 사랑에 뿌리가 있다면
나는 사랑을 내-애 정원에 심으련만!

그것은 너무한 일이었다. 이 햇살, 이 쾌활한 태평함이라니! 자신은 절망과 싸우고 있는데……. 그 순간 그의 눈에서 눈물이 비어져 나왔다.

"자, 서둘러!"

여자가 빈 찻잔을 들어 올리며 즐거운 듯한 목소리로 외쳤다. 그러다 그가 울고 있다는 것을 알아차리고 이렇게 물었다.

"슬프니?"

여자의 목소리는 큰 누나처럼 자애로웠다. 그는 울음을 참을 수가 없었다. 그녀는 요 끄트머리에 앉아 그의 목에 팔을 두르고는, 마치 엄마처럼 따뜻하게 위로를 해 주려는 듯—모든 여자들의 마지막 설득 수단이지만—그의 머리를 자기 가슴에 갖다 댔다. 다니엘은 더 이상 꼼짝할 수가 없었다. 내의 속에서 오르락내리락하는 젖가슴, 여자의 따뜻한 젖가슴이 얼굴을 통해 고스란히 느껴지고 있었다. 그는 숨이 막혀 왔다.

"바보야!"

여자는 몸을 뒤로 빼며 두 팔로 가슴을 가렸다.

"이걸 보니까 딴 생각이 나는 거야? 그 나이에 참 깜찍도 하지! 너, 몇 살이나 됐니?"

그는 이틀째 해 오던 대로 무심코 거짓말을 했다.

"열여섯이요."

"어머, 열여섯 살이나 됐어?"

그녀는 다니엘의 손을 잡고 물끄러미 들여다보았다. 그러고는 그의 셔츠 소매를 걷어 올려 팔뚝이 드러나게 했다.

"얘두 참! 여자애처럼 피부가 고우니 어려 보일 수밖에."

여자는 미소를 지으며 중얼거렸다. 그러고는 다니엘의 손을 살며시 들어 올려 자기 뺨을 쓰다듬었다. 그녀는 미소를 거두고 숨을 크게 내쉰 다음 그의 손을 다시 내려놓았다. 다니엘이 그게 무슨 의미인지 알아차리기도 전에, 여자는 벌써 치마의 단추를 모두 풀어 버렸다.

"나, 몸 좀 녹여 줄래?"

여자는 이불 속으로 미끄러져 들어오면서 이렇게 속삭였다.

자크는 비를 맞아 뻣뻣해진 방수용 천막 아래서 잠을 제대로 잘 수가 없었다. 동이 트기 전에 숨어 있던 곳에서 뛰어나와 이제 막 밝아 오기 시작하는 여명 속을 정처없이 걸었다.

"틀림없어."

그는 생각했다.

"다니엘이 붙잡히지 않았다면 어제처럼 기차역의 식당에 올 거야."

자크는 다섯 시가 되기 전에 그곳에 도착했다. 그리고 여섯 시가 지났지만 그곳을 떠날 결심을 하지 못하고 있었다. 어떻게 생각해야 하나? 무엇을 해야 할까? 그는 사람들에게 교도소가 어디 있는지 물어본 다음 그곳으로 향했다. 가슴을 졸이며 굳게 닫혀 있는 문 위를 올려다보았다.

"교도소."

설마 다니엘이 저기에? 그는 끝없이 긴 담장을 한 바퀴 돌고 나서, 쇠창살이 달린 창문 안쪽을 보려고 다시 멀찍이 휘돌았다. 그러고는 겁이 나서 쏜살같이 달아나 버렸다.

아침 내내 그는 거리를 쏘다녔다. 햇살이 따갑게 내리쬐고 있었다. 창문마다 널어놓은 색색의 빨래들이 만국기처럼 보였다. 집집의 문간에서는 아낙네들이 말다툼을 하듯이 목청을 돋운 채 수다를 떨기도 하고 웃음을 터뜨리기도 했다. 어떤 때는 거리의 풍경, 자유, 모험, 그런 것들이 마음속에 순간적으로 도취감을 일으켰다. 하지만 곧 다시 다니엘이 생각났다. 그는 호주머니 속에 있는 요드팅크 병을 손으로 꼭 움켜쥐었다. 만일 오늘 저녁까지 다니엘을 찾지 못한다면 이걸 먹어 버려야지. 그는 결심을 더욱 굳게 하려고 목소리를 약간 높여서 맹세를 하였다. 그러나 마음속으로는 자신의 용기를 조금 의심하고 있었다.

열한 시쯤 되었을 때, 그 전날 그들이 해운 회사 사무실을 물었던 카페 앞을 백 번도 더 지나다니다가……. 아, 다니엘이 거기에 있는 것을 보았다!

자크는 탁자와 의자를 마구 헤치며 그 앞으로 달려갔다. 다니엘은 자크보다 훨씬 침착한 태도로 자리에서 일어섰다.

"쉿."

사람들이 그들을 바라보고 있었다. 두 소년은 손을 맞잡았다. 다니엘이 찻값을 치렀다. 그들은 밖으로 나와서 맨 처음 보이는 골목으로 꺾어 들어갔다. 자크는 다니엘의 팔을 잡고 매달리듯이 끌어안고는 이마를 그의 어깨에 대고 갑자기 흐느끼기 시작했다. 하지만 다니엘은 울지 않았다. 그는 얼굴이 파랗게 질린 채 자크의 작은 손을 옆구리에 끼고 앞으로 천천히 걸어갔다.

이빨 위로 비스듬히 올라간 그의 입술이 설핏 떨리고 있었다.

자크가 말문을 열었다.

"나는 도둑처럼 부두의 천막 밑에서 잤어! 너는?"

다니엘은 어떻게 말해야 좋을지 몰라 당황했다. 그는 자크는 물론, 그와의 우정을 무척 존중하고 있었다. 처음으로 그는 자크에게 무엇인가를, 아주 중대한 무엇인가를 숨기지 않을 수 없었다. 그들 사이에 이렇게 커다란 비밀이 가로놓이게 될 줄은 꿈에도 생각지 못했다. 하마터면 자크에게 모조리 다 털어놓을 뻔하였다. 안 되지, 안 되고말고. 차마 그렇게 할 수는 없었다. 그는 뿌리치려야 뿌리칠 수 없는 그 기억에 사로잡혀서 얼빠진 표정을 지을 뿐, 끝내 아무 말도 하지 못했다.

"너는 어젯밤에 어디서 잤어?"

자크가 반복해서 물었다.

"저기, 벤치에서……. 그리고 많이 걸어 다녔어."

점심을 먹고 난 뒤, 그들은 앞으로 할 일을 의논하였다. 마르세유에 계속해서 남아 있는 것은 경솔한 일이었다. 그들의 거동은 얼마 안 가서 사람들의 의심을 살 것이 뻔했다.

"그러면?"

집으로 돌아갈 생각을 하고 있던 다니엘이 조심스레 물었다.

"그러니까."

자크가 얼른 말을 가로챘다.

"곰곰이 생각해 봤는데, 툴롱까지 가는 수밖에 없겠어. 저기 왼쪽으로 해변을 따라가면 여기서 삼십 킬로미터쯤 되거든. 산책하는 아이들처럼 천천히 걸어가지, 뭐. 거기에 가면 배가 얼마든지 있으니까, 배를 탈 수 있는 방법도 찾기 쉬울 거야."

그가 말하는 동안, 다니엘은 다시 찾은 친구의 얼굴에서 눈을 떼지 못했다. 주근깨가 박힌 살갗, 투명한 두 귀, 푸른 눈, 그 눈에는 그가 말하고 있는 툴롱과 배, 그리고 먼 바다의 수평선 등의 환영이 스쳐 지나고 있었다.

자크의 아름다운 고집을 함께 나누고 싶은 욕망과 달리, 다니엘은 그의 얘기가 온통 회의적으로만 들렸다. 그는 배를 타지 못하게 되리라는 것을 잘 알고 있었다. 물론 꼭 그렇다고 확신할 수는 없었다. 때로는 자기 생각이 기우에 지나지 않아서, 환상이 상식을 뛰어넘어 새뜻하게 이겨 주기를 바라기도 했다.

그들은 먹을 것을 사서 길을 떠났다. 두 소녀가 미소를 지으며 그들을 바라보았다. 다니엘은 얼굴이 붉어졌다. 그녀들의 치마는 이제 더 이상 그에게 육체의 신비를 감추는 것이 못 되었다. 자크는 휘파람을 불었다. 그는 아무것도 눈치채지 못했다. 그 순간 다니엘은 그의 피를 혼란스럽게 했던 그 경험 때문에 이제부터 자크와 완전한 의미에서의 친구가 되지 못하리라는 것을 직감했다. 자크는 그저 어린애에 불과하기 때문이었다.

그들은 변두리를 지나서 마침내 목적하던 길로 들어섰다. 그 길은 분홍빛 파스텔의 가는 선처럼 구불구불한 해안선을 따라 이어지고 있었다. 가벼운 바람이 시원하게 불어와서 소금 냄새만 남기고 사라졌다. 그들은 내리쬐는 뙤약볕을 어깨로 받으며 황금빛 먼지 속을 하염없이 걸어갔다. 바다가 가까이 있다는 사실이 그들의 마음을 들뜨게 했다. 그들은 길에서 벗어나, 푸른 바다에 두 손을 담글 생각에 미리부터 팔을 높이 쳐들고 바다 쪽으로 달려갔다.

"탈라싸! 탈라싸!('바다다! 바다다!'란 뜻의 그리스 어)"

그러나 바다는 쉽사리 나타나지 않았다. 막상 이르른 곳의 해변은 그들이 갈망하고 상상했던 것과 사뭇 달랐다. 부드러운 모래사장이 경사를 이루며 바다와 만나고 있지 않았다. 그곳은 어느 쪽을 둘러보나 깊은 물굽이 위에 가파른 비탈이 져 있어서, 깎아지른 듯한 바위들 사이로 바닷물이 휩쓸려 들어가는 형국이었다. 발밑에는 울퉁불퉁한 바위가 마치 키클로페스(그리스 신화에 나오는 외눈박이 거인)들이 쌓아 놓은 방파제처럼 앞으로 툭 튀어나와 있었다. 파도는 화강암 끝에 부딪혀 부서진 뒤 거품을 내뿜으며 미끄러운 바위의 허리를 음험하게 감돌았다.

두 소년은 손을 맞잡고 나란히 몸을 숙인 채, 푸른 하늘 아래에서 넘실거리고 있는 거친 파도를 넋을 놓고 바라보고 있었다. 그들의 말없는 흥분에는 약간의 두려움도 섞여 있었다.

"저것 봐."

다니엘이 말했다.

수백 미터쯤 될까. 하얀 배 한 척이 햇살을 받아 반짝거리며 푸른 바다 위를 미끄러져 가고 있었다. 수면 위로 드러난 선체의 일부가 새순의 싱그러운 푸르름을 그대로 옮겨 놓은 듯이 초록빛을 뿜어내었다. 배는 노를 저을 때마다 흔들거리면서도 빠르게 앞으로 나아갔다. 뱃머리가 물 밖으로 드러날 때마다 물에 젖은 초록빛 선체가 불꽃인 양 번쩍거렸다.

"아아, 이 모든 것을 글로 다 표현할 수 있다면!"

자크는 주머니 속에서 수첩을 만지작거리면서 중얼거렸다.

"하지만 두고 봐!"

그가 어깨를 흔들면서 큰 소리로 외쳤다.

"아프리카는 이보다 훨씬 더 아름다울 테니까! 가자!"

그리고 바위들을 뛰어넘어서 길 쪽으로 달려갔다. 다니엘도 그의 옆으로 뛰어갔다. 그러자 불현듯 마음의 짐을 벗어 버리고 모든 후회도 떨쳐 버린 채, 미친 듯이 모험에 빠져들고 싶은 욕망이 꿈틀거렸다.

그들은 곧 언덕 위, 그러니까 오르막길 위에서 직각으로 휘어지는 곳에 이르렀다. 그들이 그곳에 막 다다른 순간, 어디선가 요란한 소리가 들려왔다. 그들은 그 자리에 우뚝 멈춰 섰다.

말, 수레바퀴, 술통, 그러한 것들이 마구 뒤섞인 채 길 양옆으로 왔다 갔다 하면서 맹렬한 속도로 달려오고 있었다. 그들이 피하려고 물러설 겨를도 없이, 그 거대한 더미는 오십 미터쯤 떨어진 곳에 있던 철책에 부딪혀 산산조각이 나고 말았다. 그 언덕은 경사가 심해서 짐을 잔뜩 싣고 오던 커다란 마차가 미처 멈추지 못했던 것이다.

네 마리의 말이 짐의 무게를 이기지 못하고 앞발을 드는 바람에 서로 엎쳐서 뒤범벅이 된 채 길이 휘어지는 지점에서 곤두박질을 쳐 버렸다. 산더미같이 쌓인 술통에서 술이 콸콸 쏟아져 내렸다. 사람들은 놀란 나머지, 피투성이가 되어 한데 엉겨 있는 말들 뒤에서 소리를 지르며 법석을 떨었다.

그런데 말들의 울음소리, 딸랑거리는 방울 소리, 철문을 내려치는 말발굽 소리, 철컥거리는 쇠사슬 소리, 말꾼들의 아우성 소리에 섞여 다른 소리를 압도하는 씨근덕거리는 소리가 있었다. 그것은 앞장을 섰던 회색 말이 다른 놈들에게 짓밟혀 제 몸뚱이 밑에 다리를 깔고 넘어진 채, 마구(말을 타거나 부리는 데 쓰는 기구)에 목이 졸려 헐떡이는 소리였다.

한 사내가 도끼를 휘두르며 그 수라장 속으로 뛰어들었다. 그는 비틀거리며 넘어지더니 다시 일어났다. 그는 회색 말의 귀를 잡고 도끼로 굴레(말이나 소 따위를 부리기 위하여 머리와 목에서 고삐에 걸쳐 얽어매는 줄)를 내리쳤다. 하지만 굴레는 쇠로 되어 있었기 때문에 공연히 도끼날만 빠지고 말았다. 사내는 미치광이 같은 얼굴을 하고는 몸을 일으키더니 도끼를 벽에다 휙 내던졌다. 그러는 동안 말의 헐떡임은 점점 더 가빠져, 찢어지는 듯한 휘파람으로 변하다가 이내 콧구멍에서 피가 터져 나왔다.

그때 자크에게는 모든 것이 흔들리는 듯이 느껴졌다. 그는 다니엘의 소매를 붙들려고 했지만 손가락이 굳고 다리에 힘이 빠져서 비틀거리다가 그만 땅에 쓰러지고 말았다. 사람들이 순식간에 그를 에워쌌다. 사람들은 자크를 작은 정원으로 데려가서 꽃밭 한가운데 펌프 옆에 앉히고는 찬물로 관자놀이를 적셔 주었다. 다니엘도 자크 못지않게 얼굴이 파랗게 질려 있었다.

그들이 다시 길로 나왔을 때는 동네 사람들이 나와 술통을 정리하고 있었다. 말들도 다시 일어섰다. 네 마리 가운데 세 마리가 다쳤고, 그중 둘은 앞다리가 부러져 무릎을 꿇고 있었다. 네 번째 말은 죽어 있었다. 그 말은 술이 흘러나오면서 생긴 도랑에 자빠져서, 회색 머리를 땅바닥에 처박고 혀를 입 밖으로 쑥 내민 채 청록색 눈을 반쯤 감고 있었다. 마치 죽어 가면서도, 각을 뜨는 백정이 운반하기 좋도록 하려고 애를 쓴 듯이 두 다리를 몸 밑으로 구부리고 있었다. 모래와 피와 술로 뒤범벅이 된 털에 감싸인 몸뚱이가, 길 한 가운데에 내버려져진 채 헐떡이고 있는 다른 세 마리의 말과 대조를 이루었다.

그때 마부 한 명이 죽은 말 가까이로 다가갔다. 땀에 젖은 머리카락이 이마에 아무렇게나 달라붙어 있는 그의 그을린 얼굴에서 분노가 한결 누그러진 것으로 보아, 그 마부는 이 참극을 진심으로 애통해 하고 있는 것이 틀림없었다. 자크는 그 사내에게서 눈을 떼지 못했다. 그는 손에 쥐고 있던 담배꽁초를 입에 비스듬히 물고는, 파리가 새까맣게 꼬여들어 부풀어 오를 대로 부풀어 오른 말의 혀를 손가락으로 들추고 노르스름한 이빨을 들쳐내었다. 그는 허리를 굽힌 채 보랏빛으로 변한 말의 잇몸을 한동안 어루만졌다. 얼마 후 그는 몸을 일으키며 자신의 마음을 헤아려 줄 시선을 찾다가 두 소년과 눈이 마주쳤다. 그러자 피거품이 묻어 파리가 달라붙고 있는 손가락을 씻지도 않고, 입술에 물고 있던 담배 꽁초를 빼내어 손으로 옮겨 쥐었다.

"일곱 살도 안 됐는데!"

그는 어깨를 으쓱해 보이면서 자크를 바라보았다.

"넷 중에서 제일 좋은 말이었단다. 일도 제일 잘했고! 저놈을 다시 볼 수 있다면 내 손가락 두 개쯤은 기꺼이 잘라 줄 수도 있어. 자, 봐라, 이 두 개 말이다."

그는 고개를 돌리고 쓰디쓴 미소를 지은 뒤 침을 뱉었다.

"죽은 사람, 진짜로 죽은 사람, 너 본 적 있어?"

자크가 물었다.

"아니."

"아, 진짜 이상했어! 난 오래전부터 그 생각이 머리에서 떠나질 않았는데……. 어느 일요일날 교리문답 시간에 가 본 적이 있거든."

"어딜?"

"시체 안치소."

"혼자서?"

"그럼. 죽은 사람은 진짜로 하얗더라. 넌 상상도 하지 못할걸. 밀랍이나 찰흙으로 만든 사람 같았어. 둘이 있었는데, 한 명은 얼굴이 완전 흠집 투성이었어. 다른 한 명은 꼭 살아 있는 사람 같았고……. 눈을 뜬 채로 있었거든. 정말 살아 있는 사람 같더라니까."

자크가 되풀이해 말했다.

"그렇지만 죽은 것이 틀림없어. 의심할 여지가 없거든. 처음 봤을 때부터 그렇게 보였어. 너도 아까 봤잖아. 말도 마찬가지야. 아, 우리가 자유로워지게 되면 일요일에 꼭 너를 그 시체 안치소에 데려가야지."

그는 다시 한 번 되풀이하며 말을 끝맺었다.

"어느 일요일에 꼭 너를 그 시체 안치소에 데려갈 거야."

다니엘은 그의 말을 듣고 있지 않았다. 그들은 바로 그때 어느 집 발코니 밑을 지나가고 있었다. 그 안에서 피아노 치는 소리가 들려왔다. 제니……. 다니엘은 순간 "왜 그래? 뭘 하려는 거야?" 하면서 커다랗게 뜬 눈에 눈물이 솟아오르던 제니의 얼굴이 떠올랐다.

"넌 누이가 없어서 아쉽지 않니?"

자크가 잠시 뜸을 들이다 대답했다.

"당연하지! 누나가 한 명 있으면 참 좋을 텐데……. 누이동생 비슷한 건 한 명 있으니까."

다니엘은 깜짝 놀라서 그를 바라보았다. 자크가 설명했다.

"응, 유모가 조카를 데리고 와서 키우고 있거든. 열 살인데, 부모가 없어. 지즈라고……. 원래는 지젤인데, 모두들 지즈라고 불러. 내겐 그 애가 누이동생이나 다름없어."

갑자기 자크의 두 눈이 젖어 왔다. 그는 느닷없이 이렇게 덧붙였다.

"넌 나와 다르게 자랐어. 우선 넌 기숙사에서 살고 있지 않잖아. 앙투안 형처럼 이미 독립적으로 살고 있어. 뭐든지 자유롭지. 하긴 너는 분별이 있는 아이니까."

그가 우울한 어조로 말했다.

"그럼 넌 그렇지 않다고 생각하니?"

다니엘이 정색을 하며 물었다.

"나야 뭐."

자크는 눈살을 찌푸리며 말을 받았다.

"난 내가 어찌할 수 없는 놈이라는 걸 알아. 아무리 애써 봐야 별수가 없는 거지. 그래서 때때로 화가 나면 이성을 잃게 돼. 뭐든지 부수고 때리고 욕을 해 대지. 창문 밖으로 뛰어내릴 수도 있고, 누굴 죽일 수도 있을 것 같아! 내가 이런 말을 하는 건, 너에겐 뭐든 다 털어놓고 싶어서야."

그리고 이렇게 덧붙였다. 자크는 자신의 결점을 이야기하면서 왠지 모르게 야릇한 쾌감이 느껴졌다.

"나는 그게 정말 내 잘못인지 모르겠어. 너랑 같이 산다면 그렇지 않을지도 모른단 생각이 들거든. 우리 집에서 나를 어떻게 대하는지 아니?"

그는 잠시 말을 멈추었다가 먼 곳을 바라보며 말을 이었다.

"아빠는 한 번도 나를 진심으로 대해 준 적이 없어. 학교에서는 신부들이 아빠에게 아첨하느라 나를 괴물 취급하지. 파리 대교구에 영향력이 큰 티보 씨의 아들을 맡아 가르치면서 고생이 이만저만이 아니라는 인상을 주고 싶은 모양이야. 이해가 돼? 물론 아빠는 좋은 분이지. 너도 알잖아."

그는 갑자기 흥분을 하면서 단정지었다.

"아주 좋은 사람이지, 정말로. 그렇지만 뭐랄까. 어떻게 말해야 할지 모르겠는데, 항상 사업이 어떻고 위원회가 어떻고 연설이 어떻고, 그러고만 있어. 그러니까 언제나 종교하고 얽혀 있다는 거지. 유모도 그래. 뭐든지 내게 나쁜 일이 생기면 하느님한테 벌을 받았기 때문이래. 이해가 돼? 저녁을 먹고 나면 아빠는 서재로 들어가고, 유모는 지즈 방으로 가서 지즈를 재우면서 나더러 학교에서 배운 걸 외우라고 해. 물론 제대로 외운 적은 한 번도 없지만. 유모는 내가 방에 혼자 있는 걸 싫어해! 그들은 내 방에서 전기 스위치까지 떼어 버렸어. 믿을 수 있어? 전기를 만지지 못하게 하려고 그런 짓까지 했다는 게……."

"네 형은?"

다니엘이 물었다.

"응, 앙투안 형은 참 좋아. 하지만 집에 자주 없어. 그리고 너한테만 하는 말이지만, 형 역시 집을 그리 좋아하는 것 같지 않아. 엄마가 돌아가셨을 때 형은 벌써 다 자라 있었지. 나보다 아홉 살이나 더 많으니까. 그래서 그런지 유모도 형에게는 별로 간섭을 안 해. 그렇지만 난 유모가 키웠으니까. 이해가 되니?"

다니엘은 잠자코 있었다.

"넌 그렇지 않잖아."

자크가 반복해서 말했다.

"너는 다들 알아주니까. 너는 나하고 다르게 자랐어. 책만 해도 그래. 너는 무슨 책이든 네가 원하는 대로 읽을 수 있잖아. 사람들이 다 읽게 놔두지. 너희 집 서재는 항상 열려 있잖아. 그런데 우리 집에서 나한테 읽으라고 주는 책이라곤 그저 붉은색이나 금박을 두른 그림책 아니면 쥘 베른 유의 시시하기 짝이 없는 과학 동화 같은 것들뿐이야. 집에서는 내가 시를 쓴다는 것조차 몰라. 알게 되면 난리를 칠걸. 그들은 이해하지 못하니까. 아마도 나를 더 철저하게 감시하라고 학교에다 몰래 연락이나

하겠지."

오랫동안 침묵이 흘렀다. 길은 바다에서 멀어지면서 떡갈나무 숲으로 이어지고 있었다. 갑자기 다니엘이 자크에게 다가와서 팔을 잡았다.

"있잖아."

그가 말했다. 변성기에 접어든 그의 목소리는 낮고 장중했다. "나는 자주 장래를 생각해 보곤 해. 어떻게 될지 누가 알겠어? 우리는 떨어져 살 수도 있어. 그래서 그전부터 꼭 부탁하고 싶은 게 있었어. 우리 우정을 보증하는 증표 같은 거라고 생각하면 될 거야. 네 첫 번째 시집을 내게 바치겠다고 약속해 줘. 이름은 쓰지 말고 그냥 '내 친구에게'로 해서. 그래 줄 수 있어?"

"그럴게. 맹세해."

자크가 다시 일어서면서 말했다. 그는 자신의 존재가 커지는 듯한 느낌을 받았다.

숲에 이르자 그들은 나무 밑에 앉아 휴식을 취했다. 마르세유 시가지 위에는 석양이 붉게 물들고 있었다. 자크는 발목이 부어오른 것을 느끼고 신발을 벗은 다음 아예 풀밭에 드러누웠다. 다니엘은 아무 생각 없이 자크를 바라보았다. 그러다가 발뒤꿈치가 붉게 부어오른 그의 작은 발에서 시선을 거두었다.

"저기, 등대 좀 봐."

자크가 손을 내밀며 말했다. 넋을 놓고 있던 다니엘은 소스라치게 놀랐다. 멀리 바닷가에서 켜졌다 꺼졌다 하는 섬광이 유황빛 하늘을 찌르고 있었다. 다니엘은 아무런 대답도 하지 않았다.

그들이 다시 걷기 시작했을 때는 바람이 자못 차가워져 있었다. 그들은 길가 수풀 속에서라도 잘 생각이었다. 하지만 밤이 되면 꽤 추울 터였다.

그들은 아무 말 없이 삼십 분가량 걸었다. 그리하여 마침내 하얗게 페인트칠을 한 여인숙 앞에 이르렀다. 그곳에는 바다 쪽으로 계단이 나 있는 작은 방갈로가 여럿 있었다. 홀에는 불이 켜져 있었으나 비어 있는 듯했다. 그들은 어떻게 할지 의논을 했다. 그들이 문간에서 주저하고 있는 것을 보고 주인 여자가 문을 열어 주었다. 그녀는 그들에게로 유리등을 높이 쳐들어 올렸다. 기름이 황옥처럼 빛나고 있었다. 몸체가 작은 늙은이였다. 금귀고리가 그녀의 귀에서 거북이 등껍질 같은 목 위로 늘어져 있었다.

"아주머니."

다니엘이 말했다.

"침대가 둘 있는 방이 있습니까?"

그리고 그녀가 묻기 전에 이렇게 덧붙였다.

"저희는 형제인데, 툴롱에 있는 아버지를 만나러 가는 중이에요. 마르세유에서 늦게 출발하는 바람에 오늘 밤 안으로는 툴롱에 도착할 수 없을 것 같아서요……."

"그럼, 어림도 없지!"

주인 여자는 웃으면서 말했다. 그녀의 시선은 젊고 쾌활했다. 그녀는 말을 하면서 연방 손을 내저었다.

"걸어서 툴롱까지 간다고? 무슨 꿈 같은 얘긴지, 원. 그래, 그건 내 알 바가 아니고. 방은 있단다. 2프랑이야. 선불로 내야 돼."

다니엘이 지갑을 꺼내려고 하자 대뜸 이렇게 물었다.

"수프가 따뜻한데, 두 접시 가져다줄까?"

그들은 그러라고 했다.

방은 지붕 밑에 있는 다락방이었다. 침대는 하나뿐이었고, 시트도 깨끗하지 않았다. 두 소년은 약속이나 한 듯이 아무 말도 하지 않고 재빨리 신을 벗은 다음 옷을 입은 채 이불 속으로 들어갔다. 그리고 등을 마주대고 누웠다. 그들은 오랫동안 잠들지 못했다. 달빛이 창 너머로 쏟아져 들어왔다. 옆에 있는 헛간에서 쥐들이 부스럭거리며 뛰어다녔다.

자크는 희끄무레한 벽 위로 험상궂게 생긴 거미가 지나가는 것을 보았다. 그것을 본 뒤로 밤새도록 자지 않겠다고 다짐을 했다. 다니엘은 머릿속으로 육체의 죄를 다시 떠올려 보았다. 그의 상상 속에서 그 기억들은 더욱 풍성해지고 있었다. 그는 땀에 흠뻑 젖은 채 호기심과 혐오와 쾌감으로 숨을 헐떡이며 꼼짝을 하지 못했다.

다음 날 아침 자크는 아직 쿨쿨 자고 있었다. 다니엘은 그 깊은 환상에서 벗어나기 위해 몸을 일으켰다. 그때 여인숙에서 떠들썩한 소리가 들렸다. 그는 밤새도록 자기가 겪은 일의 회상에 시달렸던 까닭에, 처음에는 자기가 저지른 방탕한 짓 때문에 고소를 당했는지도 모른다고 생각했다. 아니나 다를까, 고리가 떨어져 나간 방문이 벌컥 열렸다. 주인 여자가 헌병을 데려온 것이었다. 헌병은 방 안으로 들어서면서 문설주에 이마를 부딪혀 군모를 떨어뜨렸다.

"해질녘에 먼지를 뒤집어쓰고 들어왔어요."

주인 여자가 웃음 띤 얼굴로 귀고리에 매달린 보석을 흔들면서 설명했다.

"글쎄, 저 구두 좀 보세요! 걸어서 툴롱까지 가겠다는 둥, 말도 안 되는 소리를 하더라고요. 그리고 저기 키 큰 녀석이……."

그녀는 팔찌가 쩔렁거리는 팔로 다니엘을 가리켰다.

"방값과 야식 값 4프랑 50상팀을 내려고, 세상에, 100프랑짜리 지폐를 내놓더라고요."

헌병은 흥미 없다는 표정으로 군모에 묻은 먼지를 툭툭 털어내었다.

"자, 일어서!"

그가 퉁명스런 목소리로 말했다.

"그리고 이름을 대라. 너희 이름 외에도 너희 패거리들 이름을 모두 대!"

다니엘은 주저하고 있었다. 그사이에 자크가 침대에서 뛰어나와 짧은 바지에 양말 차림으로, 싸움닭처럼 우뚝 서 있는 그 키다리를 때려눕히기라도 할 듯한 태세를 취했다. 이윽고 헌병의 얼굴에 대고 자크가 소리쳤다.

"모리스 르그랑, 그리고 저 애는 조르주예요. 제 형이에요! 우리 아버지가 툴롱에 계세요. 아버지를 만나러 가는 길인데 왜 그러시는 거예요?"

몇 시간 후, 그들은 마르세유에 들어왔다. 헌병 둘과 수갑이 채워진 불량배 사이에 끼어 앉아 빠른 속도로 달리는 마차에 타고 있었다. 유치장의 높은 문이 열렸다가 금세 닫혔다.
"들어가."
헌병이 유치장 문을 열면서 말했다.
"너희 주머니에 있는 것들을 모두 털어놔. 다 끄집어내라고. 그리고 저녁때까지만 같이 있게 해 주는 거야. 그동안 너희 놈들에 대한 뒷조사를 할 테니까."

그러나 저녁때가 되기도 전에 헌병 대장이 들어와서 그들을 중위실로 데려갔다.
"아무리 발뺌해도 소용없어. 너희가 누군지 다 알고 있으니까. 일요일부터 너희를 찾고 있었지. 너희는 파리에서 왔지? 너, 큰 놈, 네 이름은 퐁타냉, 그리고 너는 티보. 점잖은 집 아이들이 불량 소년들처럼 거리에서 헤매고 다니다니!"

다니엘은 매우 불안한 듯한 태도를 보이고 있었지만, 속으로는 깊은 안도감을 느꼈다. 이제 다 끝났다! 엄마는 지금쯤 내가 아직 살아 있다는 걸 알고 초조하게 기다리고 있겠지. 엄마에게 용서를 빌자. 엄마의 용서는 모든 것을 지워 줄 터이다. 그가 지금껏 치를 떨며 생각하고 있는 그 일, 그 누구에게도 고백할 수 없는 그 일까지도 깨끗이 씻어 줄 것이다.

자크는 이를 악물고 있었다. 그는 요드팅크 병과 코르시카 단도를 생각하며 호주머니 속에서 주먹을 움켜쥐었다. 복수와 탈주의 수십 가지 계략이 그의 머릿속에 세워지고 있었다. 그때 중위가 이렇게 덧붙였다.

"너희 부모님이 얼마나 걱정하고 계시는지 아니?"

자크는 그에게 무서운 시선을 던졌다. 그러고는 얼굴을 삐쭉거리더니 울음을 터뜨렸다. 눈앞에 아빠와 유모, 지즈가 떠올랐던 것이다. 그의 마음은 지금 가족에 대한 애정과 후회로 넘쳐 흐르고 있었다.

"가서들 자거라."

중위가 다시 말했다.

"내일 필요한 조치를 취해 줄 거야. 어떤 식으로든 지시가 오기를 기다리고 있어."

제 8 장
귀 가

  이틀 동안 제니는 반수면 상태에 있었다. 몸이 많이 쇠약해지긴 했지만 다행히 열은 없었다. 퐁타냉 부인은 유리창에 기대서서 큰길가에서 나는 기척에 귀를 기울이고 있었다. 앙투안이 두 도망자를 찾으러 마르세유에 갔다. 오늘 밤에 그들을 데려올 것이다. 방금 시계가 아홉 시를 알리는 종을 쳤다. 그들이 도착할 시각이었다.

  퐁타냉 부인은 별안간 소스라치게 놀라며 몸을 곧추세웠다. 마차가 집 앞에 멈춰 섰던 것이다. 그녀는 자기도 모르는 새 난간을 잡고 층계참으로 나가 있었다. 강아지가 달려 나가 다니엘을 반가이 맞이하였다. 퐁타냉 부인은 허리를 굽혔다. 그러자 아들이 나타났다! 아니, 모자가 보였다. 얼굴은 챙에 가려져 있었다. 이윽고 다니엘의 어깨가 움직였다. 다니엘이 앞서서 올라오고, 동생의 손을 잡고 있는 앙투안이 그 뒤를 따랐다.

다니엘은 고개를 들어 엄마를 바라보았다. 층계참에 매달린 등불에서 쏟아진 빛살 때문에 엄마의 머리카락이 새하얗게 빛났다. 대신 얼굴은 어둠 속에 무겁게 잠겨 있었다. 그러나 다니엘은 엄마의 생김새를 똑똑히 알 수 있었다. 엄마가 자신에게로 달려 내려오고 있는 것을 직감하자 머리를 깊이 숙였다. 더 이상 발걸음을 옮길 수가 없었다. 고개를 들지도 못했다.

그러나 숨도 쉬지 못하며 모자를 벗어 들었을 때는 이미 엄마의 가슴에 이마를 묻고 있는 자신을 발견하였다. 그의 마음은 몹시 고통스러웠다. 이 순간을 몹시 기다렸지만, 막상 눈앞에 닥치자 아무 느낌이 없었다. 엄마가 그를 품에서 떼어 놓았을 때, 그의 얼굴에서는 눈물 한 방울 흐르지 않았다. 계단 벽에 기대어 흑흑 흐느끼기 시작한 것은 놀랍게도 자크였다.

퐁타냉 부인은 두 손으로 아들의 얼굴을 어루만지며 입을 맞추었다. 꾸지람 한 마디 하지 않고 키스를 해 주었다. 그녀가 앙투안을 향해 한참 만에 입을 열었을 때, 그 끔찍했던 일주일의 불안이 한꺼번에 몰려와서 목소리가 설핏 떨렸다.

"이 애들, 저녁은 먹었대요?"

그때 다니엘이 중얼거리듯 물었다.

"제니는요?"

"이제 괜찮아. 침대에 누워 있단다. 어서 가 보렴. 널 기다리고 있어."

다니엘은 얼른 방으로 뛰어 들어갔다.

"얘야, 천천히, 조심하렴. 그동안 제니가 많이 아팠어. 너도 알지?"

자크는 재빨리 눈물을 거두고 호기심 어린 눈으로 주위를 둘러보았다. 여기가 다니엘의 집이구나. 학교에서 돌아와 매일같이 올라갔을 계단과 현관……. 그렇다면 이 부인이 바로 다니엘이 아까 그토록 정다운 목소리로 '엄마'라고 불렀던 사람인가?

"자크는?"

그녀가 물었다.

"나한테 입을 맞춰 주지 않을 거니?"

"대답하렴!"

앙투안이 빙그레 웃으면서 말했다. 그는 동생을 앞으로 떠밀었다. 퐁타냉 부인은 두 팔을 반쯤 벌렸다. 자크는 그녀에게 다가가 다니엘이 이마를 오랫동안 대고 있었던 바로 그 자리에 똑같이 머리를 갖다 대었다. 퐁타냉 부인은 생각에 잠긴 채 손가락으로 그의 갈색 머리를 쓰다듬어 주었다. 그리고 앙투안을 바라보며 웃음을 지었다. 문간에 혼자 서 있던 앙투안은 떠나야 한다는 사실을 문득 깨달은 듯한 기색을 비쳤다. 퐁타냉 부인은 감사함을 전하기 위해 자크의 머리 너머로 그에게 두 손을 내밀었다.

"자, 어서 가 보세요. 자크 아버님께서도 애타게 기다리실 테니까요."

제니의 방문은 열려 있었다. 다니엘은 한쪽 무릎을 꿇고 두 손으로 누이의 손을 잡은 채 입을 맞추었다. 제니는 울고 있었다. 두 팔을 내밀고 있어서 그런지, 상반신이 배개 밖으로 나와 있었다. 무언가 잔뜩 긴장을 한 듯한 얼굴이었다. 비쩍 마른 탓에 두 눈이 몹시 퀭해 보였다. 하지만 눈빛은 단호하면서도 강인해 보였다. 아직 몸이 완전히 회복되지 않아서 그런지, 수수께끼에 싸인 듯이 몽롱해 보이기도 하고 생기와 평온을 잃어버린 듯이 보이기도 했다.

퐁타냉 부인이 다가왔다. 그녀는 두 아이를 한꺼번에 안으려는 듯 몸을 구부려 두 팔을 벌렸다. 하지만 곧 제니를 피곤하게 해서는 안 된다는 생각이 들어서, 다니엘을 일으켜 세운 다음 응접실로 데려갔다.

응접실은 불이 환하게 밝혀져 있었다. 퐁타냉 부인은 벽난로 앞의 탁자에 간식을 준비해 두었다. 구운 빵과 버터, 꿀, 그리고 다니엘이 좋아하는 삶은 밤이 있었다. 주전자에서 물 끓는 소리가 났다. 방 안은 따뜻하고 분위기는 아늑했다. 다니엘은 갑자기

현기증이 느껴졌다. 그래서 엄마가 내미는 접시를 무심코 손으로 물렸다. 그때 엄마의 실망스런 표정이란!

"왜 그러니, 다니엘? 오늘 밤에 엄마하고 차 한 잔도 마셔 줄 수 없는 거니?"

다니엘은 엄마를 물끄러미 바라보았다. 전과 달라진 것이 무엇일까? 엄마는 평소와 똑같았다. 등불을 뒤로한 채 미소 띤 얼굴로 따뜻한 차를 마시고 있는 모습이 조금 피곤해 보이기는 해도 늘 보아 온 얼굴 그대로였다! 아아, 저 미소, 저 따뜻한 눈길……. 그는 그런 깊은 애정을 감당할 수가 없었다.

다니엘은 자신의 감정을 숨기려고 짐짓 구운 빵을 집어 들었다. 태연한 체하며 빵을 한입 베어 먹었다. 엄마는 환하게 미소를 지었다. 그녀는 행복감에 빠진 채 아무 말도 하지 않았다. 다만 애정이 담뿍 담긴 시선으로 치맛자락 끝에 웅크려 있는 강아지의 이마를 쓰다듬어 주었다.

다니엘은 빵을 다시 내려놓았다. 눈은 여전히 바닥을 보고 있었다. 그는 창백한 얼굴로 말했다.

"학교에서 뭐라고 했어요?"

"난 그 모든 게 사실이 아니라고 말했단다!"

다니엘의 이마에서 긴장이 다소 풀어졌다. 고개를 들다가 엄마의 시선과 마주쳤다. 그 시선에는 신뢰가 가득 차 있었는데, 그 신뢰가 틀리지 않았다는 것을 확인해 주기 바라는 듯했다.

다니엘의 눈빛은 그 무언의 질문에 확고하게 대답을 해 주었다. 그녀는 흡족한 얼굴로 속삭였다.

"왜 그동안 엄마에게 아무 얘기도 하지 않았니? 미리 말해 주었으면 좋았을 텐데……."

그녀는 말을 채 마치지 못하고 자리에서 일어섰다. 현관 쪽에서 짤랑거리는 열쇠 소리가 났던 것이다. 그녀는 빠끔히 열려 있는 현관문 쪽으로 몸을 돌리고 가만히 서 있었다. 강아지가 꼬리를 흔들며 반가운 손님이라도 맞으려는 듯 짖지도 않은 채 살그머니 빠져나갔다.

제롬이 나타난 것이었다.

그는 미소를 짓고 있었다. 외투도 모자도 없었다. 그의 태도가 어찌나 자연스러운지, 마치 집에서 쭉 살다가 방금 자기 방에서 나온 것만 같았다. 그는 다니엘을 흘깃 보고는 이내 아내에게로 시선을 돌렸다. 그리고 아내의 손에 다정하게 입을 맞추었다. 퐁타냉 부인은 그가 하는 대로 내버려 두었다. 그에게서 마편초 향이 풍겨 왔다.

"여보, 내가 왔소! 그동안 집에 일이 있었다고? 미안해요, 정말……."

다니엘은 즐거운 표정으로 아빠에게 다가갔다. 어렸을 때는 아빠를 시샘하며 엄마에게만 애정을 쏟았지만, 이제는 아빠를 진심으로 사랑할 수 있게 되었다. 그리고 지금도 여전히 아빠가 엄마와 자기의 긴밀한 관계 속으로 끼어들지 않는 것을 무의식 중에 다행으로 여기고 있었다.

"그래, 집에 있었구나. 그런데 그게 다 무슨 소리였지?"

제롬이 물었다. 그는 아들의 턱을 손으로 받치고는 눈살을 찌푸리며 입을 맞추었다.

퐁타냉 부인은 줄곧 그대로 서 있었다.

'이번에 돌아오면 당장 쫓아내 버릴 거야.'

그녀는 그렇게 다짐하고 있었다. 그녀의 원한도 결심도 전혀 약해지지 않았다. 그런데 그가 불시에 찾아온 데다 너무나도 경쾌하고 자연스럽게 행동해서 어찌할 바를 모르고 있는 중이었다! 그녀는 남편에게서 눈을 뗄 수가 없었다. 그가 이렇게 갑자기 나타나는 바람에 얼마나 혼란스러운지, 자기가 그의 눈길, 그의 미소, 그의 몸짓에서 나오는 달콤한 매력에 아직도 얼마나 끌리고 있는지, 그녀 스스로 부인하려고 애를 쓰고 있었다. 그는 그녀 일생에서 유일한 남자였던 것이다.

문득 생활비 문제가 머릿속에 떠올랐다. 그녀는 자기의 수동적인 태도를 변명하기 위해 그 생각에 집착했다. 그날 아침, 그녀는 수중에 남아 있던 마지막 생활비를 마저 꺼내지 않을 수 없었다. 제롬은 그것을 잘 알고 있었다. 아마도 이 달의 생활비를 가져왔겠지.

다니엘은 무어라고 대답을 해야 할지 몰라서 엄마 쪽으로 몸을 돌렸다. 그때 그는 엄마의 맑은 얼굴에서, 무어라고 표현해야 좋을지는 모르지만 아주 특별하고 내밀한 것을 발견하고는 부끄러워져서 얼른 고개를 돌렸다. 그는 마르세유에서 눈길의 순수함마저도 잃어버리고 말았던 것이다.

"혼을 좀 내 줘야 하나?"

제롬이 슬며시 미소를 짓자, 입술 사이로 이가 하얗게 반짝거렸다. 퐁타냉 부인은 짐짓 뜸을 들이다 대답했다. 그녀의 목소리에 복수 의지 비슷한 것이 슬쩍 어렸다.

"하마터면 제니가 죽을 뻔했어요."

제롬은 아들을 놓아주고 아내에게로 한 걸음 다가섰다. 그 얼굴에 걱정하는 빛이 어찌나 역력하든지, 퐁타냉 부인은 애초에 남편에게 주려 했던 그 고통을 덜어 주기 위해 당장이라도 모든 것을 용서해 주고 싶은 심정이었다.

"제니는 이제 괜찮아요. 걱정 마세요."

퐁타냉 부인이 소리쳤다. 그녀는 남편을 안심시키려고 억지로 미소까지 지어 보였다. 그 미소는 사실상 일시적인 항복을 의미했다. 그녀는 그 사실을 의식하고 있었다. 결국 자신의 체면을 깎아내리는 셈이 되고 말았다.

"제니한테 가 보세요."

그녀가 덧붙였다. 제롬의 두 손이 살며시 떨렸다.

"하지만 깨우진 마세요."

몇 분이 흘러갔다. 퐁타냉 부인은 의자에 앉아 있었다. 제롬은 발끝으로 조심스럽게 돌아와 방문을 닫았다. 어느새 불안은 사라지고 그의 얼굴은 애정으로 맑게 빛나고 있었다. 그는 다시금 웃음을 지으며 두 눈을 깜박였다.

"그 애가 자는 모습을 당신도 좀 봤으면! 비스듬히 누운 채 두 손으로 얼굴을 고이고……."

그 순간 그의 두 손은 잠든 소녀의 아름다운 모습을 허공에 그리고 있었다.

"전보다 좀 마르기는 했지만 더 나아 보이는데? 더 예뻐졌으니까. 안 그러오?"

그녀는 아무 대답도 하지 않았다. 그는 아내를 바라보며 약간 망설이다가 이렇게 외쳤다.

"이봐, 테레즈, 당신 머리가 어쩌다 이렇듯 하얗게 세었어?"

그녀는 벌떡 일어나 벽난로 앞으로 뛰어갔다. 그것은 사실이었다. 은발이 약간 섞여 있기는 했지만, 그래도 금발이 대부분이었던 머리카락이 불과 이틀 사이에 관자놀이며 이마 둘레까지 하얗게 세어 버렸다. 다니엘은 엄마를 보는 순간 무언가 달라졌다고 느꼈으면서도 정확히 무언지 알 수 없었던 것을 그제야 깨달았다.

퐁타냉 부인은 애석한 마음을 금치 못한 채 멍한 표정으로 자신의 모습을 들여다보고 있었다. 그리고 거울 너머로, 자기 뒤에서 있는 남편을 바라보았다. 제롬은 미소를 짓고 있었다. 그녀는 자기도 모르게 그의 미소에서 위안을 얻었다. 제롬은 즐거운 표정으로 불빛 속에서 나부끼고 있는 빛 잃은 머리카락을 손가락 끝으로 매만졌다.

"당신에겐 흰 머리도 잘 어울리는군. 뭐라고 할까? 당신의 싱싱한 시선을 기가 막히게 잘 드러내 준단 말이야."

그녀는 마음속의 기쁨을 감추기 위해서 변명하듯이 말했다.

"아! 제롬, 나는 몇 날 며칠을 끔찍하디끔찍하게 보냈어요. 지난 목요일에는 제니를 위해 모든 처치를 다해 봤지만 다들 희망이 없다고 했어요. 아, 혼자서 어찌나 무서웠던지······."

"가여운 당신."

그가 열정적으로 소리를 질렀다.

"미안하오. 내가 더 빨리 돌아왔어야 했는데! 당신도 알다시피 하필 그때 사업차 리용에 가 있었지 뭐야."

그가 어찌나 확신 어린 목소리로 말을 하던지, 그녀는 잠시 자신의 기억을 더듬어 보려고까지 하였다.

"당신이 내 주소를 가지고 있지 않다는 걸 깜빡했던 거야. 게다가 그저 하루 예정으로 떠났던 것이······. 그 바람에 왕복 기차표도 못 쓰게 되고 말았다니까."

그때서야 그는 오랫동안 아내에게 생활비를 주지 않았다는 사실을 떠올렸다. 그러나 앞으로 삼 주 동안은 돈 들어올 데가 없었다. 그는 주머니 속에 있는 돈을 얼른 계산해 보았다. 그리고 인상을 쓰지 않을 수가 없었다. 그는 곧 그 부분에 대해 설명하기 시작했다.

"아, 일이 잘 풀리지 않았어. 거래가 하나도 이뤄지지 않았거든. 행여나 했는데 결국 빈손으로 돌아오고 말았군. 리용의 큰 은행가라는 작자들이 어찌나 쩨쩨하고 형편없던지!"

그리고 그는 여행 이야기를 하기 시작했다. 그는 조금도 당황하지 않고 마치 이야기꾼처럼 재미있고 풍성하게 꾸며 내었다.

다니엘은 아빠의 이야기를 고스란히 듣고 있었다. 처음으로 그는 아빠 앞에서 수치심을 느꼈다. 그리고 이유 없이, 어떤 연관성도 없이, 마르세유의 그 여자가 말했던 남자를 떠올렸다. 그녀는 그 남자를 '그이'라고 불렀다. 유부남이며 무슨 사업인가를 한다던 남자……. 밤에는 '진짜 아내'와 외출을 해야 하기 때문에 항상 오후에만 찾아온다고 했다.

아빠의 말을 듣고 있는 엄마의 얼굴 또한 이해가 안 되기는 마찬가지였다. 다니엘은 엄마와 시선이 마주쳤다. 엄마는 아들의 눈 속에서 무잇을 읽었을까? 퐁타냉 부인은 다니엘 스스로 정리하지 못하고 있는 여러 가지 생각들을 한눈에 꿰뚫어 보았을까?

퐁타냉 부인은 불만이라도 있는 듯 조급히 말했.

"고단하겠구나. 네 방에 가서 자거라."

다니엘은 엄마의 말을 순순히 따랐다. 하지만 엄마에게 입을 맞추기 위해 몸을 구부리는 순간, 제니가 죽어 갈 때 모든 이에게서 버림받았던 가여운 여인의 환영을 보았다. 모든 게 자기 탓이 아니던가! 자기가 엄마에게 주었던 고통을 생각하자 애정이 급격히 커졌다. 다니엘은 엄마를 꼭 껴안으며 귀에 대고 속삭였다.

"죄송해요."

퐁타냉 부인은 아들이 돌아왔을 때부터 그 말을 기다리고 있었다. 하지만 그녀는 아들이 그 말을 좀 더 일찍 해 줬더라면 느낄 수 있었을 행복을 이제는 느낄 수 없었다. 다니엘도 그것을 알고 있었다. 그는 아빠가 미웠다. 퐁타냉 부인 역시 그것을 의식하고 있었다. 자신과 단둘이 있을 때 그 말을 해 주었더라면 좋았을걸, 하고 그녀는 아들을 원망하고 있었다.

제롬은 반은 장난으로, 반은 구미가 당겨서 탁자 앞으로 다가간 뒤 입을 재미나게 삐죽거리면서 접시 위에 놓인 음식을 훑어보았다.

"이 과자는 누구를 위해 준비한 거지?"

제롬은 어색하게 웃어 보였다. 머리를 뒤로 젖히는 바람에 눈동자가 한쪽으로 몰렸다. 그는 다소 과장된 목소리로 '아아!'를 세 번 외치고는 '아아! 하! 하!' 하고 부자연스럽게 연이어 소리를 질렀다. 그러고는 의자를 탁자 옆으로 끌어다 놓고 홍차 주전자를 집어 들었다.

"마시지 말아요. 다 식었어요."

퐁타냉 부인은 주전자를 불 위에 다시 올려놓으면 말했다. 남편이 괜찮다고 하자, 웃지도 않고 쌀쌀맞게 "놔두세요." 하고 말했다.

응접실에는 단둘만 남아 있었다. 주전자를 살펴보기 위해 남편에게 다가갔다가 그녀는 그에게서 풍겨 오던 마편초의 새큼한 향을 또다시 맡았다. 그는 미소 띤 얼굴로 아내를 바라보았다. 그의 얼굴에는 정다우면서도 무언가 후회를 하는 듯한 기색이 어려 있었다. 마치 초등학생처럼 한 손에는 버터를 바른 빵 조각을 들고, 다른 한쪽 팔은 아무 거리낌 없이 아내의 허리에 둘렀다. 오랫동안 바람을 피운 이력을 너무나도 자연스럽게 보여 주고 있었다.

퐁타냉 부인은 남편의 팔에서 몸을 홱 빼냈다. 혹시라도 마음이 약해질까 봐 겁이 났던 것이다. 남편이 팔을 거두어들이자 그녀는 차를 따라 주고는 다시 물러섰다.

그녀는 위엄을 지키고 있었으나 어딘가 모르게 음울해 보였다. 남편의 그런 독단적인 태도에 한껏 사무쳤던 원한마저도 꺾이고 말았다. 그녀는 거울 속으로 남편의 얼굴을 슬며시 보았다. 호박(琥珀)빛 얼굴, 가늘고 긴 눈, 뒤로 젖힌 허리, 다소 이국적인 옷차림에 이르기까지, 태평하고 느슨한 느낌을 주는 자태가 자못 동양적으로 느껴졌다.

　그녀는 약혼 시절 일기장에 "내가 사랑하는 사람은 인도의 왕자처럼 아름답다."라고 적었던 것을 떠올렸다. 그녀는 그를 계속해서 바라보았다. 예전의 그 눈빛으로 바라보고 있는 중이었다. 그는 나지막한 의자에 비스듬히 앉아서 두 다리를 벽난로의 불 쪽으로 길게 뻗고 있었다. 손질이 잘 되어 있는 손가락 끝으로 구운 빵에 버터와 꿀을 차례로 바르고는 접시 위로 가슴을 굽히고 와작와작 먹어 대었다.

　빵을 다 먹고 나서는 단숨에 차를 마신 뒤 무용수처럼 유연하게 일어나 다시 안락의자로 가서 앉았다. 누가 본다면 그동안 아무 일도 일어나지 않았으며, 그는 예전부터 이곳에서 쭉 살고 있었던 것으로 생각할 터였다. 그는 무릎 위로 뛰어오른 퓌스를 손으로 쓰다듬었다.

　그의 왼손 가운뎃손가락에는 어머니가 물려준 적갈색 마노 반지가 끼어 있었다. 짙은 검은색 바탕에 가니메데(그리스 신화에 나오는 미소년)의 젖빛 반신상이 새겨져 있는 반지였다. 오랫동안 끼었기에 고리가 가늘어져서 손을 움직일 때마다 손가락 마디 사이를 미끄러져 왔다 갔다 하였다. 퐁타냉 부인은 남편의 몸짓을 하나하나 살펴보고 있었다.

　"담배 피워도 되지, 여보?"

　그는 정말로 어찌할 수가 없는, 매력적인 사람이었다. '여보'

라고 부를 때도 그만의 독특한 투가 있어서 마지막 발음을 마치 키스라도 하듯이 입술 언저리에 남겨 두었다.

은으로 만든 담배 케이스가 그의 손가락 사이에서 빛났다. 그녀는 귀에 익은, 그 '찰칵' 하는 소리를 알고 있었다. 또 그가 담배를 콧수염 아래의 입 안으로 살그머니 미끄러지게 하기 전에 손등 위에다 톡톡 치는 버릇도 알고 있었다. 그리고 성냥을 그을 때 정맥이 불거지는 그의 긴 손을 그녀는 얼마나 잘 알고 있는가! 그 손으로 성냥을 그을 때면 불꽃이 마치 투명한 조개껍질로 변하는 것만 같았다.

퐁타냉 부인은 마음을 진정시키고 차분하게 탁자를 정돈하려고 노력했다. 지난 일주일 내내 그녀는 몹시 힘들었다. 용기가 필요한 순간마다 그녀는 그 사실을 절실하게 느꼈다.

그녀는 의자에 앉았다. 더 이상 아무것도 생각나지 않았다. 성령의 가르침조차 제대로 들리지 않았다. 신은 남편이 언젠가는 선의 길로 들어서도록 도와주기 위해서, 방종한 생활 속에서도 착한 마음을 가질 수 있도록 하기 위해서 자기를 이 죄인 곁에 둔 것이 아닐까? 아니다. 지금 내가 할 일은 가정과 아이들을 지키는 것뿐이다. 그녀의 생각이 조금씩 되살아나고 있었다. 그녀는 생각했던 것 이상으로 자신이 강하다고 확인하면서 한결 위안을 얻었다. 제롬이 집을 비운 동안에 기도를 통해 얻은 결론은 지금도 변함이 없었다.

제롬은 조금 전부터 생각에 잠긴 듯이 그녀를 물끄러미 바라보았다. 그의 시선은 대단히 진지해 보였다. 그녀는 이 가시지 않는 미소를, 이 신중한 눈길을 잘 알고 있었다. 그녀는 두려웠다. 왜냐하면 무의식 중에도 이 변덕스러운 얼굴의 뒷모습을 제대로 알아차릴 수는 있지만, 그녀의 직감은 항상 한계에 부딪혀 버리고, 그 한계를 넘어서면 그녀의 통찰력은 한 순간에 모래 속에 매몰돼 버리기 때문이었다. 그래서 그녀는 종종 '저이의 마음 깊은 곳은 대체 어떠할까?' 하고 자문하지 않을 수 없었다.
"그래, 나도 잘 알고 있어."
  제롬은 우수가 어린 목소리로 말을 하기 시작했다.
"테레즈, 당신은 날 혹독하게 비판하고 있군. 오! 나도 이해해. 당신의 마음을 너무나 잘 알고 있단 말이오. 만일 내가 아닌 다른 사람이라면 나도 당신처럼 비난을 했을 거요. 나쁜 놈이라고 했겠지. 지지리도 못난 놈이라고……. 적어도 말은 바르게 해야지. 아! 이 모든 걸 당신에게 어떻게 설명해야 할까?"
"그런 게 다 무슨 소용이에요?"
  가련한 부인은 남편의 말을 가로막았다. 꾸밀 줄 모르는 그녀의 얼굴은 간절히 애원을 하고 있었다. 제롬은 안락의자에 깊이 파묻힌 채 담배를 피웠다. 다리를 꼬고 있어서 무기력하게 흔들리는 한쪽 다리 아래로 뽀얀 발목이 드러났다.
"안심해요. 난 토론을 하고 싶은 게 아니라오. 엄연히 사실이라는 게 있고, 그 사실들이 나를 옥죄고 있으니까. 하지만 테레즈, 아무리 명백해 보이는 것이라 해도 그 이면에는 다른 것이 있지 않을까?"

그는 슬프게 미소를 지었다. 그는 자신의 잘못에 대해 궤변을 늘어놓고 도덕적 이치에 따라 논거를 세우는 것을 좋아했다. 아마도 그것이 그에게 적으나마 남아 있는 프로테스탄티즘을 만족시키는 것일 터였다.

"종종 나쁜 행동에는 나쁜 동기 이외에 다른 동기가 있을 수 있지. 언뜻 보면 난폭한 본능에서 만족을 찾는 것 같기도 하지만, 가끔은 그 자체로는 선량한 감정, 그러니까 동정심 같은 것에 끌리는 수가 있거든. 그러다 사랑하는 사람을 고통스럽게 하기도 하지. 사랑도 잃고 조건도 나쁜 사람에게는 동정심이 생기니까. 조금만 돌봐주면 구원을 해 줄 수도 있을 텐데 말이야."

순간 퐁타냉 부인은 강가에서 흐느끼고 있던 직장인 여성이 떠올랐다. 다른 기억들도 떠올랐다. 마리에트, 노에미……. 그녀는 이제 그의 에나멜 구두가 왔다 갔다 하는 것을 물끄러미 보고 있었다. 구두 위에는 램프에서 반사된 불빛이 꺼졌다 켜졌다 했다. 그녀는 신혼 시절 남편이 급작스럽게 업무상의 연회라 하며 나갔다가 새벽녘에 돌아와서는 자기 방으로 들어가 저녁때까지 잠을 자곤 하던 일을 떠올렸다.

또 발신인을 알 수 없는 편지들, 그녀는 그것들을 읽고는 찢고

태우고 짓밟았으나, 그 독이 뿜어내는 힘은 조금도 줄어들지 않았다. 그녀는 제롬이 집 안의 하녀들을 건드리고 자기 친구들을 차례차례 꾀어내는 것을 보았다. 그 바람에 그녀 주위에는 아무도 남지 않게 되었다.

처음에는 비난을 하기도 하고 너그럽게 조언을 하기도 하면서 조심스럽게 말싸움을 하던 때가 생각났다. 그러나 그녀는 언제나 눈앞의 욕망에 이끌려 진실하지 못한 채 뻔한 사실을 부인하려 들고, 금세 어린아이처럼 다시는 그러지 않겠노라고 맹세를 하는 남편밖에는 기억나지 않았다.

"그래서 말이야, 이것 봐요."

그는 계속해서 말을 이었다.

"나는 당신한테 잘못하고 있어. 난…… 그래, 그렇고말고! 모두 터놓고 얘기하지. 하지만 난 당신을 사랑해. 테레즈, 진심이야. 그리고 당신을 존경해. 당신이 가엾기도 하고……. 다른 것은 아무것도 없어, 절대로. 맹세하오. 내 마음 깊은 곳에 뿌리를 내린 이 사랑에 비길 만한 것은 단 한 번도, 단 일 분도 가진 적이 없었어! 아아, 내 생활이 추했어. 변명하고 싶진 않아. 내 인생이 부끄러워. 하지만 여보, 날 믿어요. 당신처럼 공평무사한 사람이 내 행동만 가지고 판단한다면 그것이야말로 잘못하는 거지. 난, 난 잘못을 많이 저질렀지만 그렇게 나쁜 사람은 아니란 말이야. 설명을 잘 못하겠는데, 당신은 내 말을 들으려고도 하지 않는 것 같군. 이런 일은 말로 다할 수 없을 만큼 복잡하고 또 복잡하니까. 그리고 나도 그건 이따끔씩 엿보는 정도에 지나지 않으니까."

그는 입을 다물고 고개를 숙였다. 마치 자기 삶의 은밀한 진실에 한 순간이나마 이르기 위해 갖은 노력을 다 기울이다가 지치기라도 했다는 듯이. 얼마 후, 그는 다시 고개를 들었다. 퐁타냉 부인은 자신의 얼굴 위에 제롬의 시선이 스쳐 가는 것을 느꼈다. 그 시선은 아주 가벼운 듯했으나, 지나가면서 다른 사람을 얽어매어, 말하자면 모든 걸 앗아 가는 것이어서, 그것이 빠져나갈 때까지 끈끈하게 잡아끄는 힘을 가지고 있었다. 그것은 자석이 아주 무거운 쇠를 끌어당겨 들어 올리다가 떨어뜨려 버리는 것과 유사했다. 또 한 번, 그들의 시선이 얽혔다가 떨어졌다.

'당신이란 사람, 당신이 살아온 인생보다야 낫지 않겠어요?'

그녀는 생각했다. 그러고는 어깨를 으쓱해 보였다.

"당신, 내 말을 믿지 않는구려."

그가 중얼거렸다. 그녀는 냉정한 어조로 말하려고 애를 쓰며 입을 열었다.

"아뇨, 나는 당신을 믿고 싶어요. 지금까지 수없이 믿어 왔어요. 하지만 그건 전혀 중요하지 않아요. 잘못이 있든 없든, 책임이 있든 없든, 제롬, 해서는 안 될 일이 여태까지 계속되어 왔고, 지금도 매일같이 일어나고 있으며, 앞으로도 그럴 테니까요. 이

제 더 이상 반복되어선 안 될 것 같아요. 차라리 헤어져요. 아주 갈라서자고요."

그녀는 나흘 동안 이런 생각을 아주 많이 했기에 그 말들을 냉담한 어조로 또박또박 할 수 있었다. 제롬은 그런 어조가 무엇을 뜻하는지 모르지 않았다. 그녀는 남편의 놀라움과 고통을 느끼고는 서둘러 말을 이었다.

"이제는 아이들이 있어요. 그 애들이 어렸을 때는 아무것도 몰랐으니까 나 혼자서……."

그리고 '고통받았다'는 말을 하려는 순간, 부끄러워져서 얼른 지워 버렸다.

"당신이 내게 준 고통은 이제 나 혼자만의 애정을 깨뜨리는 것이 아니라, 그것은 이제 나의……. 그 고통이 당신과 함께 이 집 안으로 들어와 아이들이 호흡하는 공기 속에 섞여들고 있어요. 나는 더 이상 견딜 수 없어요. 다니엘이 이번 주에 무슨 짓을 했는지 보세요. 내가 그 애를 용서한 것과 같이, 주님도 그 애를 용서해 주시기를! 그 애는 지금 올바른 마음으로 모든 것을 후회를 하고 있어요."

그녀의 시선에는 도전에 가까운 자부심이 빛나고 있었다.

"당신이 나쁜 본보기를 보여서 그 애가 그릇된 길로 빠진 게 틀림없어요. 당신이 일을 핑계 대고 끊임없이 사라지는 것을 보지 않았다면, 내가 걱정할 것을 뻔히 알면서 어떻게 그토록 쉽게 집을 떠날 수 있었겠어요?"

그녀는 일어나 벽난로 쪽으로 천천히 발걸음을 옮겨 자기의 흰 머리카락을 들여다보았다. 남편이 있는 쪽으로 몸을 약간 숙였지만 그를 바라보지 않고 말을 이었다.

"제롬, 곰곰이 생각해 봤어요. 이번 주에 나는 정말 힘들었어요. 기도도 많이 했고, 생각도 깊이 했어요. 당신을 비난하려는 게 아니에요. 더구나 오늘 저녁엔 그럴 힘도 없고요. 이미 녹초가 되어 버렸거든요. 당신에게 그저 현실을 직시해 보라고 부탁하는 거예요. 당신은 결국 내 말이 옳다는 것을, 다른 해결책이 없다는 것을 알게 될 거예요. 둘이 같이 사는 생활……."

그녀가 계속했다.

"둘이 같이 사는 생활에서 남아 있는 것, 우리에게 조금이라도 남아 있는 것, 제롬, 그것조차 난 견딜 수가 없어요."

부인은 두 손을 대리석 위에 얹고는 상체와 손을 움직이며 한 마디 한 마디 끊어서 말했다.

"난-이제-정말-싫어요."

제롬은 대답하지 않았다. 그러나 그녀가 물러설 겨를도 없이, 아내의 발밑으로 미끄러지듯 다가가 억지로 용서를 구하려는 어린아이처럼 그녀의 허리에 뺨을 갖다 댔다. 그는 더듬거리며 말했다.

"내가 당신과 떨어져서 살 수 있을 것 같아? 내가 아이들 없이 살 수 있을 것 같냐고? 차라리 머리에 총을 쏘고 말지!"

제롬이 관자놀이에 총을 쏘는 시늉을 하자, 그녀는 너무 유치한 나머지 웃음이 비어져 나올 뻔했다. 그는 치맛자락을 따라 늘어져 있는 그녀의 손목을 잡고 입맞춤을 마구 퍼부었다. 그녀는 손을 재빨리 빼낸 다음, 손가락 끝으로 그의 이마를 쓰다듬었다. 어머니처럼 느긋한 손놀림으로, 그러나 헤어질 수밖에 없다는 결심을 고스란히 담아서…….

제롬은 그녀의 뜻을 잘못 이해하고 고개를 번쩍 들었다. 하지만 아내의 얼굴을 보는 순간, 자신이 얼마나 헛된 희망을 품었는지 알아차렸다. 그녀는 곧 물러섰다. 그리고 탁자 위에 놓여 있는 여행용 시계 쪽으로 손을 뻗었다.

"벌써 두 시네!"

그녀가 말했다.

"너무 늦었어요. 이제 그만 가 주세요. 내일 오도록 해요."

제롬은 시계 쪽으로 눈을 돌렸다. 그리고 베개가 하나만 놓여 있는 커다란 침대를 바라보았다. 그때 그녀가 덧붙였다.

"서두르지 않으면 마차를 잡기가 힘들 거예요."

제롬은 놀란 나머지 모호한 몸짓을 했다. 그는 오늘 밤에 집을 다시 나갈 생각을 한 적이 없었다. 그의 집이 아니던가? 그의 방은 언제나 준비된 채로 그를 기다리고 있었다. 그는 복도를 지나가기만 하면 되었다. 지금까지 수도 없이 한밤중에, 나흘, 닷

새, 엿새 동안 집을 비웠다가 들어오지 않았던가? 그러고 난 다음 날이면 그는 으레 잠옷 차림으로 말끔하게 면도를 한 뒤 아침 식탁에 앉아, 아이들에게서 설명하기 어려운 불신을 없애기 위해 큰 소리로 농담을 하고 익살을 부리곤 했다.

퐁타냉 부인은 그 모든 것을 알고 있었다. 그녀는 제롬의 얼굴을 바라보면서 그가 그리는 생각의 곡선을 막 따라가 읽었던 것이다. 하지만 그녀는 타협하지 않았다. 현관문을 열었다. 그는 속으로 아주 당황했지만, 마치 친구 집을 방문했다가 돌아가는 듯이 태연한 걸음걸이로 문을 나섰.

외투를 걸치면서 그는 아내에게 돈이 없다는 사실을 깨달았다. 비록 돈 들어올 데가 없다고 할지라도, 예전 같았으면 주저하지 않고 주머니에서 지폐 몇 장쯤은 빼서 던져 주었을 것이다. 하지만 그런 행동이 지금 그가 집을 떠나는 데 조금이나마 변화를 불러오지 않을까 하는 생각이 들어서 굳이 하지 않았다.

말하자면 그 돈을 받은 다음에 그녀가 자신을 단호히 되돌려 보낼 자유를 잃어버리게 되지는 않을까, 하는 걱정이 그의 자존심을 눌러 비렸다. 한편으로는 아내에게 계산속이 있었던 게 아닐까, 하는 두려움도 있었다. 그래서 그저 이렇게 말했다.

"여보, 나는 당신에게 아직 할 말이 많은데……."

퐁타냉 부인은 그 말을 들으면서 헤어지려는 자신의 결심과 생활비를 받아야 하는 자신의 처지를 동시에 생각하며 서둘러 대답했다.

"제롬, 내일 오세요. 내일 만날게요. 그때 얘기를 더 나눠요."

제롬은 차라리 신사답게 나가 버리리라 마음먹고는 아내의 손가락 끝을 잡고 입맞춤을 했다. 두 사람 사이에 잠시 동안 모호한 감정이 흘렀다. 그러나 그녀는 얼른 손을 빼냈다.

"그래, 잘 있어요. 내일 봅시다."

그녀는 그가 계단을 내려가면서 마지막으로 다시 한 번 모자를 들어 올리고 이쪽을 바라보며 웃음 짓는 것을 보았다.

문이 닫혔다. 퐁타냉 부인은 홀로 남았다. 그녀는 이마를 문틀에 기댔다. 대문이 닫히는 둔중한 소리가 그녀의 뺨을 스쳐 집 안을 흔들었다. 순간 화려한 빛깔의 장갑이 양탄자 위에 떨어져 있는 것이 눈에 띄었다. 그녀는 자기도 모르게 그것을 집어서 입으로 가져가, 가죽 냄새와 담배 냄새 속에서 자신이 잘 아는 더 미묘한 냄새를 찾아내어 허겁지겁 들이마셨다.

그녀는 거울 속에서 자기의 몸짓을 보고는 얼굴을 붉히며 황급히 장갑을 내려놓고 스위치를 내렸다. 그리고 어둠 속에서 벽을 더듬거리며 아이들의 방으로 뛰어 들어가, 그들의 고른 숨결 소리에 오래도록 귀를 기울였다.

제 9 장
방황의 끝

앙투안과 자크는 마차에 다시 올라탔다. 자갈을 깐 길 위를 천천히 걷는 말발굽 소리가 마치 캐스터네츠를 치는 소리처럼 들렸다. 거리는 어두웠다. 기다란 사륜 마차의 의자 시트에서 곰팡내가 풍겨 나왔다.

자크는 울고 있었다. 피곤하기도 했지만, 온화한 미소를 띠고 있던 퐁타냉 부인의 품에 안겼던 일이 무엇보다 그의 마음을 후회로 가득 차게 만들었다. 아빠에게 뭐라고 얘기하면 좋을까? 그는 기운이 쭉 빠지는 듯했다. 그래서 그 감정을 숨김없이 드러내며, 그를 팔로 감싸고 있는 형의 어깨에 슬픈 마음을 기대어 보았다. 두 사람 사이에서 서먹서먹함이 사라지기는 그날이 처음이었다.

앙투안은 무언가 말을 하고 싶었지만, 체면이란 것을 깡그리 벗어던지지는 못했다. 억지로 친절한 척을 하자, 목소리가 오히려 부자연스럽게 들렸다.

"자, 이제 다 끝났어. 다 지난 일을 가지고 뭘 그래? 괜찮아."

그는 입을 다물었다. 동생이 상체를 그에게 기대 준 것만으로도 만족스러웠다. 그러나 가슴 밑바닥에서 호기심이 충동질을 했다.

"그런데 무슨 일이 있었던 거야, 응?"

그가 더욱 부드러운 목소리로 이야기를 다시 꺼냈다.

"왜 그랬던 거야? 그 애가 널 부추겼니?"

"오! 아니야. 그 애는 싫다고 그랬어. 나 혼자 그랬어."

"왜?"

대답이 없었다. 앙투안은 서투르게 계속 물었다.

"중학교에서 너희 둘이 친했다는 건 나도 알아. 내겐 다 말해도 괜찮아. 너희만 한 때의 우정이 어떤 건지 나도 잘 알고 있으니까. 유혹에 넘어가는 수가 많거든."

"그 앤 내 친구야. 그게 다야. 그것 외엔 아무것도 없어."

자크는 형의 어깨에 그대로 기댄 채 소곤거렸다.

"둘이 있을 땐 주로 뭘 하니?"

형이 용기를 내어 다시 물었다.

"얘기하지. 그 앤 날 위로해 줘."

앙투안은 더 이상 묻지 않았다.

"그 앤 날 위로해 줘."

자크의 나지막한 목소리가 그의 가슴을 찔렀던 것이다.

'그러니까 넌 그렇게 슬펐던 거니?'

이렇게 물으려는 순간, 자크가 씩씩하게 덧붙였다.

"그리고 그 앤 내 시를 고쳐 줘."

앙투안이 대답했다.

"아! 그것 참 좋은 일이구나. 나도 찬성이야. 네가 시를 쓴다는 거 말이야."

"정말?"

자크가 말했다.

"그럼, 정말이고말고. 진심으로 기쁜걸. 사실은 진작에 알고 있었어. 네가 쓴 시를 몇 번 읽기도 했지. 네가 말은 하지 않았지만 방 안에 굴러다니는 걸 몇 편 봤어. 게다가 우리는 함께 얘기를 나눌 기회가 별로 없었잖아. 왜 그랬는지는 모르겠어. 그중에서 몇 편은 참 좋더라. 확실히 넌 재능이 있어. 그걸 잘 살려 보렴."

자크는 몸을 더욱 기댔다.

"난 시가 참 좋아."

그가 중얼거렸다.

"난 내가 좋아하는 시를 위해서라면 뭐든지 다 바칠 수 있어. 퐁타냉은 책도 빌려 줘. 그런 얘긴 아빠한테 하지 않을 거지? 대답해, 어서. 아무한테도 말 안 할 거지? 라프라드, 쉴리 프뤼돔, 라마르틴, 빅토르 위고, 뮈세……, 이런 책들을 그 애가 읽게 해 줬어. 형도 뮈세를 알아?

> 한밤의 창백한 별이여,
> 서쪽의 장막으로부터
> 찬란한 그 이마 반짝이며
> 먼 곳에서 오는 사자(使者)여

그리고 이것도.

> 나와 함께 잠들던 이가
> 오, 주여, 나를 떠나 당신에게로 간 지 오래지만
> 우리는 아직도 서로에게 묶여 있다네
> 그녀는 절반 죽고 나는 절반 살아서……

형, 라마르틴의 〈십자가〉라는 시 알아?

> 님의 꺼져 가는 입술 위에

마지막 숨결과 영원한 이별을

  함께 남기고 간 십자가……

 멋있지, 응? 진짜 아름다워! 음률이 흐르는 것이……. 난 이런 시를 읽을 때마다 마음이 너무 아파."

 지금 그의 가슴은 기쁨으로 넘쳐흐르고 있었다. 그는 계속해서 말을 이었다.

 "집에서는 아무도 날 이해해 주지 않아. 내가 시를 쓴다는 걸 알면 가만두지 않을걸. 하지만 형은 달라."

 그는 앙투안의 팔을 가슴에 꺼안았다.

 "사실은 형이 내 시를 보았다는 걸 알았어. 그렇지만 형이 아무 말도 하지 않고, 또 집에 있는 날이 별로 없으니까……. 아아, 형이 알아줘서 정말 기뻐. 그동안 하나밖에 없던 친구가 둘로 늘어난 것처럼 느껴져!"

 "아베 가이사! 여기 푸른 눈의 골리아 여인이 있다……."

 앙투안이 웃으면서 읊었다. 자크는 깜짝 놀라 떨어져 앉았다.

 "형, 그 노트를 읽었구나!"

 "그건 말야. 어떻게 된 거냐면……."

 "아빠도 읽었어?"

 자크가 너무나 고통스러운 목소리로 소리치는 바람에 앙투안은 더듬거리며 대답했다.

"글쎄, 잘 모르겠는데……. 어쩌면 조금…….."

그는 말을 끝맺지 못했다. 자크는 마차 구석에 몸을 던지고는 두 팔로 머리를 감싼 채 시트 위에서 마구 뒹굴었다.

"역겨워! 그 신부는 위선자야! 야비한 신부 같으니! 수업 시간에 다 말하겠어. 얼굴에다 침을 뱉어 줄 거야! 날 퇴학시키고 싶으면 그렇게 하라지. 난 조금도 겁나지 않아. 또 도망쳐 버리면 그만이지! 그것도 안 되면 차라리 죽어 버릴 거야!"

그는 발버둥을 쳤다. 앙투안은 어떤 말을 해야 좋을지 갈피를 잡을 수가 없었다. 어느 순간 자크가 조용해지더니, 눈을 두 손으로 가린 채 한쪽 구석에 처박혀 있었다. 이를 덜덜 떨고 있었다. 화가 나서 소리를 지르는 것보다 그렇게 가만히 있는 것이 더 불안하게 느껴졌다. 다행히 그때 마차가 생페르 가를 내려가고 있었다. 그들의 집에 다다랐던 것이다.

자크가 먼저 마차에서 내렸다. 앙투안은 마차 삯을 치르면서 동생에게서 눈을 떼지 않았다. 혹시라도 동생이 어둠 속으로 다시 달아나지 않을까, 걱정이 되었던 것이다. 하지만 자크는 몹시 지쳐 있었다. 여행으로 상처를 입고 슬픔으로 수척해진 거리의 불량 소년처럼 핼쑥한 얼굴로 눈을 내리깔고 있었다.

"초인종을 눌러야지."

앙투안이 말했다.

자크는 대답을 하지 않았다. 몸을 움직이지도 않았다. 앙투안은 그를 집 안으로 들여보냈다. 자크는 순순히 말을 들었다. 문지기인 프뤼랭그 아주머니가 호기심 가득한 눈길로 바라보았지만 조금도 신경을 쓰지 않았다. 그는 자신의 존재가 무력하기 짝이 없다는 사실에 짓눌려 있을 뿐이었다. 승강기가 그를 짚단처럼 번쩍 들어 올려 아빠의 감시 아래로 던져 버렸다. 이제는 어느 쪽을 둘러보나, 그 어떤 저항도 할 수 없는 가정과 사회의 메커니즘 속에 갇혀 버렸다.

그러나 그가 자기 집 층계참에 섰을 때, 아빠가 저녁 식사에 손님을 초대하는 날처럼 현관에 불을 훤히 켜 놓은 것을 보았을 때, 그는 익숙한 분위기가 주변을 감싸는 것을 느끼며 일종의 따뜻한 정을 느꼈다. 그리고 응접실 저쪽에서 한층 더 늙어 버린 유모가 종종걸음을 치며 자기에게로 달려오는 모습을 보았을 때, 그는 원한을 깡그리 잊은 채 그녀의 조그만 두 팔 속으로 뛰어들고 싶어졌다. 유모는 그를 붙잡고 키스를 퍼부었다. 그러고는 째지는 듯 날카로운 목소리로 더듬거리며 말했다.

"이게 무슨 짓이야? 어쩌면 그렇게도 인정머리가 없니? 우리가 슬퍼서 죽게 되어도 상관없단 말이야? 이게 무슨 짓이야? 어쩌면 그렇게 인정머리가 없어?"

그리고 그녀의 두 눈에 눈물이 차올랐다. 그때 서재의 문이 양쪽으로 열리면서 아빠가 문 한가운데에 나타났다. 그는 자크를 보자, 가슴이 메어 오는 것을 억제할 수가 없었다. 하지만 그는 그 자리에 멈춰 서서 두 눈을 감았다. 응접실에 걸려 있는 그 뢰즈의 그림(18세기 프랑스 화가로, 그의 그림 〈벌받는 아들〉을 뜻한 다.)에서처럼 죄 지은 아들이 무릎을 꿇고 엎드리기를 기다리는 것 같았다.

하지만 아들은 감히 그렇게 하지 못했다. 서재 역시 무슨 잔칫 날처럼 불이 환히 밝혀져 있는 데다, 두 하녀가 부엌에서 막 나와 문 앞에 서 있었을뿐더러, 아빠는 늦은 밤인데도 프록코트 차림이었기 때문이다. 이렇듯 예사롭지 않은 일들이 자크의 기를 꺾어 버렸다.

그는 유모의 품에서 빠져나와 뒤로 물러섰다. 그는 머리를 숙인 채 무언지 모를 것을 기다리며 울고 싶은 동시에 웃고 싶은 감정을 느끼면서 가만히 서 있었다. 그만큼 그의 가슴은 정체 모를 감정으로 들끓고 있었다.

그런데 티보 씨의 첫마디는 마치 그를 가족의 일원에서 제외시키라도 하겠다는 듯이 들렸다. 사람들 앞에서 자크가 보인 태도는 한 순간 관대해지려고 애를 썼던 마음을 모조리 사라지게 만들었다. 끝내 고분고분하지 않는 이 아이를 꺾기 위해서 그는 짐짓 초연한 척하지 않을 수 없었다.

"아! 이제야 왔구나."

그가 앙투안에게만 말을 건넸다.

"그렇지 않아도 궁금해 하고 있었다. 그쪽 일은 잘 처리했니?

다 잘 끝났지?"

아버지가 내민 부드러운 손을 잡은 앙투안이 그렇다고 대답하자 그는 곧장 이렇게 대꾸했다.

"고맙다, 애야. 골치 아픈 일을 이렇듯 잘 처리해 주어서……. 참 부끄러운 일이지!"

티보 씨는 잠시 망설였다. 그때까지도 죄를 지은 아들이 달려와 품에 안겨 주기를 기다리고 있었다. 그는 시선을 하녀들에게로 던졌다가 이내 아들에게로 옮겼다. 자크는 음험한 표정을 지은 채 양탄자만 바라보고 있었다. 마침내 티보 씨는 화를 누르지 못하고 이렇게 말했다.

"이런 추잡한 일이 두 번 다시 되풀이되지 않도록 하기 위해 내일 당장 방침을 세우도록 하자."

유모가 자크를 아버지의 품속으로 밀어 넣으려고 한 걸음 앞으로 나섰을 때, 자크는 고개를 들지 않고도 그 뜻을 알아차리고 마지막 구원의 기회로 제발 그래 주기를 기다렸다. 그런데 티보 씨가 팔을 뻗어서 유모의 행동을 제지해 버렸다.

"내버려 둬! 내버려 두라고! 망나니 같은 놈이야. 심장이 돌덩이라고! 저런 놈 때문에 그토록 걱정을 하고 있었다니. 그럴 가치도 없는 놈이야."

그리고 무언가 말을 꺼내려고 기회를 엿보고 있던 앙투안에게 다시 말했다.

"앙투안, 수고스럽겠지만 오늘 밤만 이 녀석을 좀 맡아 다오. 내일이면 짐을 벗게 해 줄 테니까. 약속하마."

잠깐 동안 망설이는 분위기가 이어졌다. 앙투안은 아버지에게 다가섰다. 자크는 조마조마한 심정으로 머리를 다시 들었다. 하지만 티보 씨는 대꾸할 여지도 주지 않은 채 단호한 어조로 말했다.

"내 말, 알아들었지, 앙투안? 자크를 제 방으로 데려가거라. 이런 추태는 이제 지긋지긋하구나."

앙투안이 자크를 앞세운 채 마치 사형수를 사형 집행장으로 끌고 가는 것처럼 복도 저쪽으로 사라지자, 티보 씨는 여전히 눈을 내리깐 채 다시 서재로 들어가 문을 쾅 닫았다.

그는 서재에 이어져 있는 침실로 들어갔다. 예전에 그의 부모가 사용하던 방이었다. 그가 어렸을 때 루앙 근처에서 아버지가 운영하던 공장의 사무실에서 보았던 그대로, 그리고 그가 상속받아 파리로 법률 공부를 하러 갔을 때 가지고 온 가구들 그대로였다. 마호가니 옷장, 볼테르 양식의 안락의자, 파란색 모직 커튼, 아버지와 어머니가 차례로 돌아가셨던 침대, 그리고 티보 부인이 손수 수놓은 융단이 깔려 있는 기도대……. 그 앞에는 그리스도 상이 놓여 있었다. 그것은 몇 달 간격으로 그가 아버지와 어머니의 손에 쥐어 주던 것이었다.

그는 그곳에서 홀로 자기 자신으로 돌아가 어깨를 웅크리고 있었다. 그의 얼굴에서 피로의 가면이 벗겨져 내리고 있었다. 얼굴 윤곽이 소박하게 변하면서 어렸을 때의 모습과 비슷하게 되었다.

  그는 기도대로 다가가 힘없이 무릎을 꿇었다. 그의 두툼한 두 손이 익숙하게 마주 잡혀졌다. 이곳에서의 그의 몸짓은 편안하고 비밀스런, 오로지 그 혼자만의 것이었다. 그는 무기력한 얼굴을 쳐들었다. 그의 시선이 눈썹 밑에서 새어 나와 십자가 쪽으로 향했다. 그는 하느님께 자신의 실망과 새로운 시련을 전했다. 모든 원한을 풀어 버리고 그의 마음 깊숙한 곳에서 아비로서 길 잃은 자식을 위해 기도를 했다.

  기도대 밑에 쌓여 있는 종교 서적들 위에서 그는 묵주를 집어 들었다. 그 묵주는 그가 처음으로 영성체(가톨릭 교회에서 성체를 받아 모신다는 뜻으로, 주의 만찬이라고도 한다.)를 받들 때 받은 것으로 사십 년이나 매만져서, 지금은 그의 손가락 사이를 저절로 굴러다녔다.

  그는 눈을 다시 감았다. 하지만 그의 이마는 여전히 그리스도 쪽을 향하고 있었다. 그의 생활 속에서 이 내면의 미소와 이 꾸밈없이 행복한 얼굴을 본 사람은 아무도 없었다. 두 입술로 기도문을 외우느라 아래쪽 볼이 약간 떨렸다. 옷깃에서 목을 빼려고 일정한 간격으로 머리를 끄덕거리는 모습은 마치 하늘의 권좌 아래에서 향로를 흔드는 것만 같았다.

다음 날 자크는 흐트러진 침대 위에 혼자 앉아 있었다. 그는 방학도 아닌데 자기 방에서 맞은 이 토요일 아침 시간을 어떻게 보내야 할지 알 수가 없었다. 그는 학교와 역사 수업 시간, 그리고 다니엘을 떠올려 보았다. 익숙하지 않은, 언제나 그에게 적대적으로 느껴졌던 아침 나절의 소리들—양탄자를 쓰는 비질 소리, 바람이 불어 삐걱거리는 문소리 들이 들렸다.

그는 완전히 기가 죽은 것은 아니었다. 오히려 흥분된 상태였다. 하지만 딱히 할 일이 없는 데다, 집 안에 감도는 알 수 없는 위협이 견딜 수 없이 불안했다. 그는 어떤 식으로든 모든 걸 바칠 수 있는, 마음속에 들어찬 애정을 한꺼번에 쏟아 버릴 수 있는 영웅적인 희생의 기회가 다가왔으면 좋겠다고 생각했다. 그러다가도 때때로 자기 연민에 빠져서 머리를 번쩍 쳐들고는, 자신의 마음을 알아주지 않는 사랑과 증오와 자부심이 한데 뭉친 비뚤어진 쾌감의 한순간을 맛보기도 했다.

누군가가 방문의 손잡이를 움직였다. 지젤이었다. 머리를 방금 감았는지, 곱실거리는 머리카락이 축축한 채로 어깨 위에 늘어져 있었다. 셔츠에 반바지 차림이었다. 목과 팔, 종아리는 갈색이어서 그런지, 헐렁헐렁한 반바지에 강아지 같은 예쁜 눈, 싱그러운 입술, 헝클어진 머리가 흡사 알제리 소년 같아 보였다.

"뭐하러 왔어?"

자크가 퉁명스럽게 말했다.

"오빠 보러 왔어."

소녀는 자크를 빤히 쳐다보며 말했다.

올해 열 살이 된 지젤은 이번 주에 일어난 일들을 모두 알아차리고 있었다. 이제야 자크가 돌아왔다. 하지만 모든 일이 제자리로 돌아온 것은 아니었다. 왜냐하면 그녀의 머리카락을 손질해 주고 있던 이모가 지금 막 티보 씨에게 불려 갔기 때문이다. 그녀는 지젤에게 얌전히 있으라고 한 뒤, 젖은 머리카락을 그냥 놓아둔 채 밖으로 나가 버렸다.

"누가 왔어?"

자크가 물었다.

"신부님."

자크는 눈살을 찌푸렸다. 소녀는 침대 위에 앉아 있는 자크 곁으로 가 앉았다.

"불쌍한 자크 오빠."

소녀가 중얼거렸다.

자크는 이런 애정 표현이 너무나 반갑고 고마워서, 그 마음을 표현하려고 소녀를 무릎 위에 앉히고 입을 맞춰 주었다. 그때 밖에서 인기척이 들렸다.

"얼른 나가! 누가 온다!"

자크는 소녀를 복도 쪽으로 밀면서 나지막이 말했다. 그리고 침대에서 뛰어내려 문법책을 급하게 펼쳐 들었다. 베카르 신부의 목소리가 문 밖에서 들려왔다.

"잘 있었니, 지젤? 자크는 방에 있니?"

그는 들어오다가 문턱에서 잠시 멈추었다. 자크는 눈을 내리깔고 있었다. 신부가 다가와 그의 귀를 꼬집었다.

"이 녀석, 굉장한 짓을 했더구나."

그가 말했다. 그러나 자크의 시무룩한 표정을 보고는 곧 태도를 바꾸었다. 자크를 대할 때마다 그는 항상 신중하게 행동했다. 자주 길을 잃어버리는 이 어린양에게 그는 남다른 호기심과 애정을 느끼고 있었다.

베카르 신부는 의자에 앉은 다음, 자크를 자기 앞으로 오도록 하였다.

"그래, 아버지께 죄송하다는 말씀은 드렸겠지?"

그는 뻔히 알면서도 짐짓 이렇게 물었다. 자크는 신부가 다 알면서도 모른 척하고 묻는 모습이 꼴사납게 느껴졌다. 그는 신부를 힐끗 쳐다보고는 고개를 저었다. 잠시 동안 침묵이 흘렀다.

"얘, 자크야!"

신부는 약간 상심한 듯한 목소리로 머뭇거리며 말을 꺼냈다.

"이 모든 일이 나를 몹시 고통스럽게 하는구나. 나는 그동안 네가 어떤 잘못을 저지르든 네 아버지께 항상 네 편을 들었다. 나는 이렇게 말씀드리곤 했지. '자크는 마음씨가 착합니다. 마음속에 훌륭한 자질을 품고 있으니까 조금만 더 기다려 보도록 합시다.' 하지만 오늘은 네 아버지께 어떤 말씀을 드려야 할지 모르겠더구나. 그보다 더 심각한 것은 내가 너를 어떤 식으로 생각하고 대해야 할지 모르겠다는 거야. 너에 대해서 많은 얘기를 들었다. 나로선 감히 상상도 할 수도 없는 얘기들을 말이다. 그래, 그 얘기는 나중에 하도록 하자. 하지만 나는 이런 생각을 했단다. '자크도 생각할 시간을 가지다 보면 언젠가는 회개를 하고 우리에게 다시 돌아오겠지. 이 세상에 진실한 회개를 통해 속죄받지 못할 잘못은 없으니까.' 그런데 넌 후회하는 몸짓은커녕 눈물 한 방울 흘리지 않은 채 얼굴을 찌푸리고 있구나. 네 가엾은 아버지는 이번에 정말 마음을 크게 다치셨다. 내가 마음이 다 아플 지경이야. 네가 얼마나 타락을 한 것인지, 이번 일로 네 마음이 완전히 메말라 버린 것은 아닌지 걱정이 이만저만이 아니시란다."

자크는 호주머니 속에서 주먹을 불끈 쥔 채 턱을 가슴 쪽으로 끌어당겼다. 목에서 흐느낌이 터져 나오지 않도록, 그리고 얼굴에 감정이 어리지 않도록 하기 위해서였다. 용서를 구하지 않고 있는 것이 얼마나 괴로운 일인지, 다니엘 엄마처럼 그를 안아 주었더라면 자기가 얼마나 감미로운 눈물을 흘렸을 것인지, 그 말고는 아무도 알지 못했다. 아무도 모른다! 아빠에게 느꼈던 감정을 그 누구도 알게 하지 않으리라! 원한이 섞인 동물적 애정, 서로 주고받을 수 있다는 희망을 더 이상 가질 수 없게 된 후 더욱 강렬해진 이 동물적 애정을 그 누구에게도 눈치채게 하지 말자.

신부는 입을 다물었다. 온화한 인상을 풍기는 그의 얼굴이 침묵을 더욱 무겁게 하고 있었다. 그는 먼 곳을 바라보며 읊조리듯 느긋한 목소리로 입을 열었다.

"어떤 이한테 아들이 둘 있었단다. 그런데 어느 날 둘째 아들이 재산을 몽땅 챙겨 가지고 다른 나라로 떠나 버렸지. 그런데 그곳에서 방탕하게 생활하다가 가진 것을 몽땅 날렸지 뭐냐. 돈을 다 잃은 다음에야 그는 스스로 돌이켜보고 이렇게 말했어. '어서 일어나서 아버지에게 가야겠다. 그리고 아버지여, 저는 하느님과 아버지께 죄를 지었습니다. 더 이상 아버지의 아들 될 자격이 없습니다, 이렇게 말하리라.' 그는 곧 일어나 정말로 아버지에게로 갔단다. 그가 아직 멀리 있는데도 아버지는 그를 알아보고 측은히 여겨서 달려가 두 팔로 안고 입을 맞추어 주었지. 그러자 아들이 아버지에게 말하기를 '아버지, 저는 하느님과 아버지께 죄를 지었습니다. 아버지의 아들 될 자격이 더 이상 없습니다.'"

순간 자크의 슬픔이 자신의 의지를 넘어섰다. 그는 울음을 터트리고 말았다.

신부는 어조를 바꾸었다.

"나는 네가 마음속 깊은 곳까지 나쁘지는 않다는 것을 잘 안

다. 오늘 아침에 너를 위해 미사를 드렸지. 자, 너도 그 둘째 아들처럼 하렴. 더 늦기 전에 아버지에게 가거라. 네 아버지도 널 측은히 여기실 거야. 그리고 이렇게 말씀하시겠지. '기뻐하라, 내가 아들을 잃었다가 다시 찾았노라!'라고."

순간 자크는 자기가 돌아왔을 때 현관의 천장에 등이 환하게 켜져 있었던 것과, 아빠가 프록코트를 입고 있었다는 것을 기억해 냈다. 미리 준비해 놓은 환영 축하가 어쩌면 자기 때문에 엉망이 되었을지도 모른다는 데 생각이 미치자 마음이 한결 누그러졌다.

"또 한 가지, 네게 말할 것이 있다."

신부는 작은 갈색 머리를 쓰다듬으면서 말했다.

"아버지는 너를 위해 중대한 결심을 하셨어. 그런데 그 결정에……."

그는 주저하였다. 그러다 볼록 튀어나온 자크의 귀를 손으로 어루만졌다. 귀는 뺨 쪽으로 접혔다가 용수철처럼 퉁기곤 하였다. 자크의 귀는 점점 새빨갛게 변했다. 그는 꼼짝없이 앉아 있었다.

"……그 결정에 나도 찬성했단다."

신부는 둘째 손가락을 입술에 갖다 대고 소년의 시선을 집요하게 따라가며 힘주어 말했다.

"널 얼마 동안 다른 곳으로 보내려고 하신단다."

"어디로요?"

자크는 목이 메어 소리를 질렀다.

"그건 아버지가 말씀해 주실 거야. 다 네가 잘되기를 바라는 마음에서 시작된 거니까, 회개하는 마음으로 받아들이렴. 아마도 처음에는 네 자신과 몇 시간씩 대면하는 고립된 생활이 몹시 힘들게 느껴질 거야. 훌륭한 가톨릭 신자에게 고독이란 없단다. 그럴 때마다 주님께서는 믿는 자를 결코 저버리시지 않는다는 걸 떠올리렴. 자, 내게 입을 맞추어 다오. 그리고 지금 당장 아버지께 가서 용서를 빌어라."

몇 분 후, 자크는 눈물로 부어오른 얼굴에 불타는 듯한 시선을 하고 자기 방으로 돌아왔다. 그는 거울 앞으로 가서 눈 속까지 꿰뚫을 듯이 자기 얼굴을 뚫어지게 바라보았다. 마치 증오와 원한을 퍼부을 대상이 필요하기라도 한 것처럼.

그때 복도 쪽에서 발걸음 소리가 들렸다. 방문에는 자물쇠가 달려 있지 않았다. 그는 문 앞에 의자로 바리케이드를 쌓았다. 그러고는 책상 앞으로 뛰어가서 연필로 몇 줄을 갈겨쓴 다음 봉투에 종이를 쑤셔 넣었다. 그는 봉투에 주소를 쓰고 우표를 붙인 뒤 자리에서 일어섰다. 마치 정신이 나간 사람처럼 보였다. 이 편지를 누구에게 맡겨야 하나? 내 주위에는 온통 적들뿐이다!

그는 창문을 반쯤 열었다. 아침 하늘은 몹시 흐려 있었다. 거리에는 아무도 없었다. 그때 저쪽에서 할머니와 아이가 천천히 다가오고 있었다. 자크는 편지를 길 위로 떨어뜨렸다. 편지는 빙빙 돌면서 인도 위에 내려앉았다. 그는 재빨리 뒤로 물러섰다. 그가 다시 밖으로 머리를 내밀었을 때 편지는 이미 사라지고 없었다. 할머니와 아이가 저만치 멀어지고 있었다.

온몸에 기운이 다 빠져 버린 그는 함정에 빠진 짐승처럼 처절하게 울부짖으며 침대 위에 와락 엎드렸다. 그는 분노로 사지를 떨면서 소리를 내지 않으려고 짐짓 베갯잇을 물어뜯었다. 지금 그에게는 자신의 절망을 다른 사람들에게 들키지 않겠다는 의식만이 간신히 남아 있었다.

그날 저녁, 다니엘은 다음과 같은 편지를 받았다.

친구여,
내 유일한 사랑이자 내 삶의 애정, 아름다움인 그대여!
나는 너에게 유언으로 이 글을 쓴다.
그들은 나를 너와 떼어 놓으려 한다. 그들은 나를 모든 것으로부터 떼어 놓으려 한다. 그들은 나를 어딘가로 보내려 한다. 거기가 어딘지, 어떤 곳인지 너에게 말할 용기가 나지 않는다. 그저 아빠가 부끄러울 뿐이다!
나는 너를 다시는 만나지 못하게 될 것 같다. 나의 유일한 친구,

나를 선하게 만들 수 있었던 단 한 사람, 너…….

안녕, 친구여! 영원히 안녕!

그들이 끝내 나를 불행하게 하고 괴롭힌다면 차라리 자살해 버릴 거야. 그때 그들에게, 내가 그들 때문에 스스로 목숨을 끊었다는 사실을 말해 다오! 그러나 나는 그들을 사랑했다!

저세상으로 가기 전에 내가 마지막으로 생각하는 사람은 유일한 나의 친구 너일 것이다.

친구여, 영원히 안녕!

| 《회색 노트》 제대로 읽기 |

사춘기 소년들의 고독과 방황, 그리고 희망의 세레나데

강혜원 _ 전 서울 상암고등학교 국어 교사

네 마음을 보여 줘, 교환 일기

요즘도 친구끼리 교환 일기를 주고받는 학생들이 많을까? 몇 해 전까지만 해도, 친한 친구끼리 노트 한 권에다 서로의 마음을 담아 주고받는 교환 일기가 크게 유행했다. 1999년에는 이것을 소재로 무시무시한 영화가 제작되기도 했는데, 바로 〈여고 괴담, 두 번째 이야기〉이다.

신체 검사가 있는 날, 민아(김민선 분)는 늦은 아침 등굣길의 수돗가에서 빨간 표지의 노트를 한 권 줍는다. 글씨와 그림으로 빽빽이 채워진 노트는 커플로 소문난 효신(박예진 분)과 시은(이영진 분)의 교환 일기. 작년에 민아와 같은 반이었던 효신은 조숙한 언행에다 국어 선생과의 수상한 소문으로 따돌림을 당하고 있다. 민아와 붙어다니는 지원(공효진 분)과 연안(김재인 분)도 효신을 싫어한다.

민아는 양호실 침대에서 일기를 읽다가, 옆자리에 누워 있던 효신과 그를 찾아온 시은의 대화를 엿듣게 된다. 만난 지 일 년이 돼 '공동 생일'을 맞은 두 소녀는 한 달 전에 다툰 이후 계속되던 침묵을 깨고 둘만의 장소였던 학교 옥상에서 재회한다.

일기장을 넘길수록 주술에 걸린 듯 효신과 시은의 애절하고 비밀스런 관계 안으로 점점 빠져드는 민아. 오후가 되어 신체 검사로 어수선하던 학교는 옥상에서 투신한 효신의 죽음으로 발칵 뒤집히고, 효신에게 사로잡힌 민아는 그녀의 그림자를 계속 밟아 나간다.

SBS TV 〈패밀리가 떴다〉에서 한창 주가를 올렸던 박예진은 이

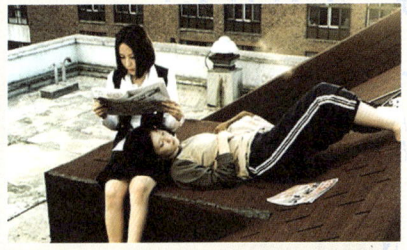

1999년에 상영된 영화 〈여고 괴담, 두 번째 이야기〉의 포스터와 영화 속 장면. 김민선(민아)·박예진(효신)·이영진(시은)·공효진(지원) 등이 주연을 맡았으며, 김태용·민규동 감독이 메가폰을 잡았다.

영화로 2000년에 백상예술대상 여자 부문 신인 연기상과 평론가협회 여자 부문 신인상을 수상하기도 했다. 〈여고 괴담〉 1편이 입시 제도 아래에서 일어나는 여고생의 참혹한 현실들을 비판적 시각으로 묘사했다면, 〈여고 괴담, 두번째 이야기〉는 여고생의 성장과 심리에 그 초점을 맞추고 있다.

사람들은 모두 변한다지만 시은아, 우린 약속할 수 있겠지? 우리 영원하자고. ……난 너 하나뿐이야. 너만 내 곁에 영원히 있으면 난 그뿐이야. ……시은아, 달리 표현하고 싶지만, 사랑해.

영화에서 효신이 시은에게 쓴 일기의 일부분이다. 아무에게도 드러내지 못하는 속마음을 솔직하고 담백하게 적어 내려는 품이

〈여고 괴담, 두 번째 이야기〉에서 시은과 효신이 주고받은 교환 일기.

어쩐지 낯설지가 않다.

《회색 노트》에서 자크와 다니엘이 주고받았던 편지와 비슷한 분위기를 풍기고 있기 때문일까?

아무튼 이 영화 속에서만 해도 교환 일기의 매개체로 노트가 버젓이 존재한다. 그런데 최근 들어 인터넷이 빠른 속도로 보급되면서 노트 대신 사이버상의 공간을 이용해 서로의 마음을 나누는 예가 많아졌다고 한다. 예쁜 그림이나 영화 장면 같은 것들을 따다가 붙이는 방법이 널리 쓰이면서, 예전보다는 장식적인 요소가 많이 추가돼 좀 더 화려해졌다는 게 노트와 다른 차이라면 차이다.

아울러 교환 일기를 주고받는 사람들의 폭도 한층 다양해졌다. 요즘엔 친구나 연인들 사이에서뿐만 아니라 부모간, 사제간에도 널리 퍼져 사랑의 다리 역할을 톡톡히 해내고 있다고 한다.

그런데 이토록 많은 이들의 사랑을 받고 있는 교환 일기를 맨 처음 쓰기 시작한 사람은 누구일까? 짜자잔, 바로 《회색 노트》의 두 주인공 자크와 다니엘이다. (그 이전에는 교환 일기에 관한 기록이 없다고 한다.) 그렇다면 이 두 소년에게 '회색 노트'는 어떤 의미를 지니고 있을까?

일그러진 세상과 맞서다, 두 소년의 가출

자크와 다니엘은 자신들의 비밀을 적어 놓은 회색 노트를 신

자크와 다니엘이 살던 메종라피트

메종라피트는 프랑스 근교에 있는 마을로, 《회색 노트》에서 자크와 다니엘, 두 소년의 집이 있는 곳이다. 이곳에 프랑스 바로크 양식 건축물의 정수로 알려진 메종라피트 장원이 있는데, 그 안의 성은 요즘 국립 도서관과 호텔로 쓰인다고 한다.

이곳에는 파리 교외에 있는 마을 가운데서 비교적 부유한 사람들이 모여 살고 있다. 메종라피트 성은 원래 왕이 사냥 갈 때 머무르는 곳이었는데, 마을 이름은 바로 그 성에서 비롯된 것이다. 성 주변에는 귀족들이 머물던 예쁜 집이 옹기종기 모여 있다. 이 마을에는 경마장이 있으며, 집값은 다소 비싼 편이라고 한다.

문학가 중에는 장 콕토가 이 마을에서 태어났다. 장 콕토는 열일곱 살이란 어린 나이에 시단에 등장해 피카소, 디아길레프, 모딜리아니 등과 사귀며 입체파적 미학을 시로 옮겨 씀으로써 새롭고 기발한 환상의 예술 형식을 만들어 냈다.

말년에는 프랑스 아카데미 회원 '시의 왕'으로 추대되는 등 명예를 누리다가, 예순세 살 때 심장마비로 세상을 떠났다. 작품으로, 시집 《평조곡》, 《시집》, 소설 《사기꾼 토마》, 《무서운 아이들》, 희곡 《에펠 탑의 신부》, 〈목소리〉, 〈지옥의 기계〉, 평론집 《작업상의 비밀》, 《살기의 어려움》 등이 있다.

비교적 부유한 사람들이 모여 사는 메종라피트와 모딜리아니가 그린 장 콕토의 초상화. 콕토는 《회색 노트》의 지리적 배경이 된 메종라피트에서 태어났다.

자크와 다니엘이 가출한 뒤 배회하던 마르세유 역. 역 앞에는 하얀색의 호텔 간판이 보인다. 혹시 그들이 묵었던 호텔?

부(선생)에게 빼앗기자, 어른들의 야비함에 환멸을 느껴 가출한다. 이 일로 두 집안이 발칵 뒤집히는데, 여기에 대응하는 양쪽 집안의 태도는 사뭇 다르다.

엄격한 규율을 강조하는 가톨릭 집안의 자크 아버지는 아들보다 자신의 체면과 권세를 먼저 생각한다. 그에 비해 비교적 자유로운 분위기를 가진 프로테스탄트 집안의 다니엘 어머니는 아들의 입장에서 그 일을 바라보려 애쓴다.

한편 기성 세대에 대한 반항심과 자유에 대한 동경으로 무작정 집을 나선 자크와 다니엘은 마르세유에 도착해 마다가스카르로 떠나는 배를 타려고 한다. 자신들의 소중한 비밀과 더할 나위 없는 우정을 헤집어 놓은 어른들에게 분노하면서 더 넓고 아름다운 세계가 펼쳐질 거라는 기대를 안은 채…….

그러나 부둣가에서 만난 선원의 돌발 행동으로 그만 곤경에 빠진 두 소년은 각기 다른 길로 흩어져 도망을 치게 된다. 그 후 자크는 거지처럼 부두의 천막 밑에서 잠이 들고, 다니엘은 거리에서 우연히 만난 여자를 통해 성에 눈뜨게 된다.

그리고 다음 날 두 소년은 여인숙에서 하룻밤을 묵으려다 주인 여자의 신고로 헌병에게 붙잡혀 집으로 돌아온다. 그 뒤 다니

튀니스에 가면 정말로 행복할까?

자크가 그토록 가고 싶어 했던 튀니스. (비록 나중에는 행선지를 수정하게 되지만) 그곳에 가면 정말로 자유와 행복을 찾을 수 있을까?

튀니지의 수도이며 최대 도시. 지중해의 동쪽 해분과 서쪽 해분 사이, 북아프리카 해안에 있다. 튀니스 만의 내포인 얕은 튀니스 호의 끝에 건설되었으며, 북동쪽으로 10km 떨어진 튀니스 만 연안 항구인 할크 알 와디와 연결되어 있다. 튀니스는 리비아 인들이 세운 도시로 그들은 BC 9세기에 티레에서 온 페니키아 인들에게 카르타고의 부지를 넘겨준 사람들이기도 하다.

BC 146년 카르타고와 로마 사이의 제3차 포에니 전쟁 중에 카르타고와 함께 파괴되었다. 튀니스는 로마의 지배하에서 번영했지만, 시가 발전하고 도약하기 시작한 것은 7세기에 이슬람교도들이 이곳을 정복하면서부터이다. 이곳은 아글라비드 왕조(800~909)의 통치하에서 수도가 되었으며, 하프시드 왕조(1236~1574)에서 최고의 번영을 누렸다.

신성 로마 제국의 황제 카를 5세가 1535년에 시를 점령했으며, 1539년에는 다시 투르크 인의 수중으로 넘어갔다. 1573년 스페인인들이 이 도시를 탈환하여 1574년까지 통치했지만 결국 오스만 제국에 양도하지 않을 수 없게 되었다. 그 후 프랑스의 보호령(1881~1956)이 될 때까지 튀니스는 오스만 제국의 영토로 존속했다. 1942년에 독일군에게 점령되었다가, 1943년 영국군과 연합군의 도움으로 해방되었으며, 1956년 튀니지의 독립과 함께 수도로 선정되었다.

농업이 여전히 주요 소득원이며, 주요 작물은 올리브와 곡물이다. 올리브유와 식품 제조업이 발달해 있고, 섬유·의류, 카펫, 시멘트·금속 건축물 등의 제조도 성하다. 또한 화학(과인산염)·금속·기계·전기 공업이 활발하며 철도 공장이 있다. 할크알와디에 여러 개의 화력발전소가 있고, 마크린에는 납 제련소가 있다. 관광업은 경제적으로 차지하는 비중이 매우 크다.

튀니스 항구와 튀니스의 부르기바 거리. 노천 까페에서 튀니스 사람들이 커피를 마시며 이야기를 나누고 있다.

자크와 다니엘이 마다가스카르로 떠나기 위해 찾아간 마르세유 항과 자크가 소나기를 피하기 위해 뛰어들었던 마르세유 성당.

엘은 따뜻하게 맞아 주는 어머니의 품에서 휴식을 취하게 되지만, 자크는 자신을 감화원에 보내려는 아버지에게 심한 절망감을 느끼고 자살을 결심한다.

이와 같이 《회색 노트》는 사춘기 소년들의 고독과 방황, 그리고 그 속에서 움터 나오는 미래에 대한 희망 등을 그리고 있다. 아버지와 선생(신부)의 권위에 굴복하기를 거부하고, 자신들의 순수를 지키려 반항하다 결국은 밖으로 튕겨 나가고 마는 자크와 다니엘……

그들은 자신들의 인권을 무시하고 개성을 말살시키는 가톨릭 사회의 견고한 인습과 어른들의 묵은 가치관을 부정하고, 그것으로부터의 해방을 부르짖는다. 그리하여 마침내 자유를 소망하며 과감한 탈출을 시도한다.

결과야 어찌 됐든 그렇게 할 수 있는 용기와 열정은 아무 때나 가질 수 있는 것이 아니다. 그것은 어른이 되기 전, 바로 그 또래들만이 가질 수 있는 풋풋하디풋풋한 특권이 아닐까?

자크와 다니엘이 보여 주는 집착에 가까운, 뜨거운 우정 역시 같은 맥락에서 이해할 수 있다. 즉 그 무렵의 소년들이 이성에 눈뜨기 전에 경험하게 되는 아주 순수하고도 과도기적인 현상이라고 볼 수 있는 것이다. 마치 긴 터널 안과 같은 상태라고나 할까? 그 어둡고 답답한 시기를 무사히 잘 뚫고 나오면, 언젠가는 반드시 밝음의 세계로 발을 내디딜 수 있는…….

결국 《회색 노트》는 인간의 삶에 있어서 가장 혼란스런 한 시기를 아주 예리하고도 치밀한 시선으로 잘 포착해 낸 작품이라 하겠다.

프랑스 사회의 이면을 들추다, 티보가의 사람들

그런데 이 작품을 다 읽고 난 뒤에도 뭔가 시원스런 느낌이 들지 않는 것은 무슨 까닭일까? 뭔가 더 들어야 할 이야기가 남아 있는 듯한 느낌을 주는 게 사실이다. 자크는 어디로 보내진다는 것인지, 자크는 과연 자살을 할 것인지, 다니엘은 그걸 알고도 바라만 보고 있을 것인지 등등.

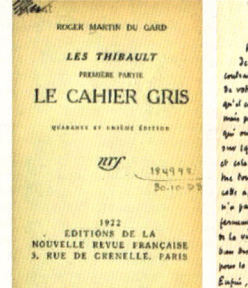

1922년 발표 당시의 《회색 노트》 속표지와 로제 마르탱 뒤 가르의 자필 원고.

그것에 대한 비밀은 《회색 노트》의 뒤를 이어 나온 《감화원》을 보면 알 수 있다. 《회색 노트》는 연작 소설(《티보가의 사람들》)의 시작 부분에 해당하기 때문이다. 그 뒤로도 아주 많은 이야기들이 죽 펼쳐져 있다.

《티보가의 사람들》은 전체가 8부 11권으로 이루어진 대하 소설로, 제1부 《회색 노트》(1922), 제2부 《감화원》(1922), 제3부 《아름다운 계절》(1923, 2권), 제4부 《진찰》(1928), 제5부 《라 소렐리아》(1929), 제6부 《아버지의 죽음》(1929), 제7부 《1914년

2003년에 만들어진 영화 《티보가의 사람들》의 포스터와 명장면. 아쉽게도 우리나라에는 개봉되지 않았다. 포스터 옆에는 가출한 죄로 감화원으로 가게 되는 자크, 포스터 아래에는 반듯한 인상의 다니엘, 그리고 그 옆은 청년으로 성장한 자크와 그의 형 앙투안의 모습이다.

여름》(1936, 3권), 제8부《에필로그》(1940) 등으로 구성되어 있다. 이 가운데 제7부《1914년 여름》은 1937년에 노벨 문학상을 받았다.

《회색 노트》는 두 사람의 귀가와 새로운 세계를 앞에 둔 자크의 편지로 끝나지만 이야기는 여기서 멈추지 않는다.

《티보가의 사람들》은 티보 집안의 형제인 자크와 앙투안이라는 두 인물을 중심으로 사건이 전개된다. 제1차 세계 대전을 전후하여 소년에서 청년으로 성장하는 자크, 인간적이며 사색적인 앙투안 두 형제를 중심으로 그들의 가족과 주변 사람들이 빚어내는 내면의 갈등, 인물간의 갈등, 시대와의 갈등을 섬세하게 그려 내고 있다.

제1부《회색 노트》에 이어지는 제2부《감화원》에서는 자크가 감화원 생활을 하며 앙투안과 만나는 이야기, 파리에서 생활하게 된 두 형제의 이야기로 이어진다. 3, 4, 5부에서 자크는 격동의 성장기를 겪으며 작가가 되기로 결심하고 앙투안도 의사라는 직업을 통해 자기를 수련해 간다.

제6부《아버지의 죽음》이후 작품은 가족사의 테두리를 넘어 역사적 차원으로 발전한다. 자신들의 우정을 일그러뜨리는 어른들의 세계에 반항하여 뛰쳐나갔던 소년은 역사의 비극에 저항하게 되는 것이다.

이십 년 가까운 세월에 걸쳐 이루어진《티보가의 사람들》은 제1차 세계 대전을 전후로 한 프랑스 사회를 배경으로 하고 있다. 아울러 그 당시의 젊은이들이 느꼈던 고뇌와 가정 문제, 또 사회 전체가 직면했던 고통 등을 날카롭고 섬세한 시선으로 짚어 내 보이고 있다.

《회색 노트》에서는 이야기의 초점이 자크와 다니엘에게 맞춰

로제 마르탱 뒤 가르의 절친, 앙드레 지드

로제 마르탱 뒤 가르가 작가로서의 길에 큰 영향을 받고 깊이 의지했던 작가는 앙드레 지드이다. 앙드레 지드(1869~1951)는 프랑스 작가로서, 《앙드레 발테르의 수기》, 《배덕자》, 《좁은 문》 등의 소설로 우리에게 잘 알려져 있다. 로제 마르탱 뒤 가르는 1937년에, 앙드레 지드는 1947년에 노벨 문학상을 받았다.

앙드레 지드와의 첫 만남은 1913년경으로 거슬러 올라간다. 로제 마르탱 뒤 가르는 어느 날 거리에서 우연히 콩도르세 중학교 동급생을 만났다. 그는 'NRF(새 프랑스 평론)'라는 그룹에 속해 있었고, 작은 출판사를 경영하고 있었다. 며칠 후, 로제 마르탱 뒤 가르는 그 친구에게 자기가 쓴 소설 원고를 보내 주었다.

앙드레 지드.

그 친구는 같은 그룹에 속한 작가 슐룸베르제에게 원고를 검토하게 했고, 슐룸베르제는 그것을 다시 앙드레 지드에게 보내어 소견을 물었다. 앙드레 지드는 원고를 읽자마자 "즉시 출판할 것"이라는 내용의 전보를 보낸 뒤, "마르탱 뒤 가르라는 사람이 도대체 누구인가?"라며 지대한 관심을 표했다.

이렇게 해서 세상에 나온 소설이 《장 바루아》였다. 로제 마르탱 뒤 가르는 이 소설 덕분에 'NRF' 그룹에 들어가게 되었고, 앙드레 지드와도 자주 어울리게 되었다. 이후 두 작가는 서로의 작품을 평가하고 격려하며 친분을 쌓아 갔다.

훗날 로제 마르탱 뒤 가르는 그와의 사귐을 이렇게 표현했다.

"마음과 정신에 끊임없이 기쁨의 기회가 주어지고 풍요로움이 고갈되지 않는 원천과도 같은 우리의 관계", "지드는 '대망을 품으라'고 나에게 자주 충고해 주었다. 그의 정성 어린 우정이 도저히 이르지도, 유지하지도 못했을 수준까지 나를 끌어올렸다는 사실을 나는 너무나 잘 알고 있다."

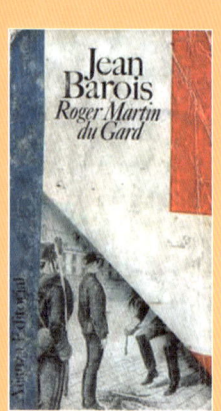

1913년에 발표된 《장 바루아》. 로제 마르탱 뒤 가르는 이 작품으로 맨 처음 세간의 주목을 받게 된다.

실제로 마르탱 뒤 가르는 《티보가의 사람들》을 구상하고 한 편 한 편 써 나가면서 수시로 앙드레 지드의 조언을 받았다고 한다. 앙드레 지드는 찬탄과 격려로서 그에게 큰 힘과 용기를 주었다.

져 있지만, 제2부 《감화원》으로 건너가면서부터는 성격이 판이하게 다른 두 형제, 자크와 앙투안이 이야기를 이끌어 간다. 이를테면 기성 사회의 틀에 박힌 관습을 참지 못하고 끝없이 반항할 수밖에 없는 자크와, 전통 사회의 테두리 속에서 행복을 느끼며 합리적으로 살아가는 앙투안의 모습이 대조를 이루며 그려진다.

그중 자크에 관한 묘사는 문학사적으로도 길이 남을 만큼 인물의 한 전형으로 뿌리 박혀 많은 이들로부터 인정을 받고 있다. 한 비평가는 어느 한 개인의 환경을 이루고 있는 사회적·역사적·생리적 배경 속에서 그를 아주 난폭하게 조명하는 데 성공함으로써, 그 작품 전체를 돋보이게 해 준 예의 하나로 자크를 꼽기도 했다.

회색 노트의 진실과 왜곡

소설의 줄기는 티보 씨와 앙투안이 가출한 자크를 찾는 과정, 퐁타냉 부인이 다니엘을 기다리며 남편을 찾는 과정, 제니가 열병을 앓고 깨어나는 과정, 두 소년이 가출했다가 돌아오는 과정 등으로 얽혀 있다.

조금 압축해 보면 두 소년의 가출과 귀가와 두 소년의 가출을 둘러싼 두 집안의 대응으로 정리할 수 있다. 이 소설은 두 소년의 성장기이면서 동시에 소년들과 연결된 세계의 상황과 변화의 이야기이기도 하다. 그리고 모든 사건의 발단은 회색 노트에서 시작된다.

두 소년이 주고받은 회색 노트에 담긴 내용은 무엇일까? 그 노트에는 두 소년의 열렬한 우정과 미래를 향한 희망, 인생에 대한 사색이 담겨 있다. 회색 노트는 두 소년의 성장 기록이고, 성장의 상징이며, 성장기에 우리 삶을 채우는 것들이 담겨 있다.

처음 두 사람의 노트는 공부에 대한 질문과 대답에서부터 시작한다. 그러면서 점차 철학적인 주제로, 탄탄한 우정으로 발전해 간다.

청소년기! 가족의 울타리에서 벗어나 친구를 만난다. 이성에 대한 막연한 그리움을 갖기도 한다. 드높은 이상을 품게 되는 시기이기도 하다. 인생에서 무엇이 고귀한 것인가를 고민하고, 그 고민의 여정 속에서 사색하고 책을 읽으며 대화를 나눈다.

두 소년도 회색 노트에 그 같은 성장의 모습을 담아낸다. 그들은 인간이란 한낱 짐승에 불과하지만 사랑이 있기에 인간을 위대하게 할 수 있다고 생각한다. 그들이 가족의 울타리를 벗어나 최초로 발견한 사랑은 바로 우정이다. 자신의 우정 위에는 시간도 흐름을 멈추고 우정으로 인해 바보 같은 상태에서 벗어났다며 기쁨에 떠는 그들의 순수한 모습이 담겨 있다.

책을 읽고, 삶의 의미를 고민하며, 시를 통해 고뇌를 승화시키는 두 소년의 우정을 세상 사람들은 어떻게 보았던가? 가톨릭계 학교의 신부들은 그들의 우정을 동성애라고 진단한다. 해서는 안 될 짓을 했다고 매도하며 퇴학 처분을 운운한다.

아들을 가장 잘 이해해 주어야 할 아버지(티보 씨)조차도 아들을 범죄자처럼 생각하며 경찰을 동원해서라도 잡아들여야 한다고 역설한다. 결국 아들을 감화원으로 보내 친구와 격리시키고 세상 속에서 고립되도록 만든다.

어른들의 몰이해, 편견, 사려 깊지 못함은 소년들을 이렇게 벼랑으로 내몬다. 이들의 행동을 색안경 쓰고 보지 않는 사람은 다니엘의 어머니 퐁타냉 부인과 자크의 형 앙투안뿐이다.

전혜린의 회색 노트?

《회색 노트》란 제목을 처음 봤을 때, 작품을 읽은 적이 없는데도 어디선가 들은 것 같은 느낌이 들지는 않았는지……. 혹시라도 그런 느낌 때문에 고개를 갸우뚱거린 사람이 있다면, 전혜린의 수필집 《그리고 아무 말도 하지 않았다》를 읽어서인지도 모른다.

《그리고 아무 말도 하지 않았다》는 독일 유학 후 대학 교수로 생활하다 자살로 생을 마감한 전혜린의 자서전적인 수필집이다.

전혜린(1934~1965)은 수필가이자 독문학자였다. 그는 정신의 완벽한 자유를 갈망하며 생을 불태운 총명한 지식인이라는 평가와 함께 명쾌한 문장력, 유창하고 아름다운 문체, 젊은 나이의 자살로 지속적인 관심의 대상이 되고 있다. 무엇보다 그의 자유로운 정신과 불꽃같은 삶은 많은 젊은이들에게 자유에 대한 동경을 불러일으켰.

《그리고 아무 말도 하지 않았다》를 보면 〈목마른 계절〉이라는 글이 있다. 서른의 문턱에서 지나온 시간들을 돌아보며 글 가운데 여고 시절의 추억이 담겨 있다.

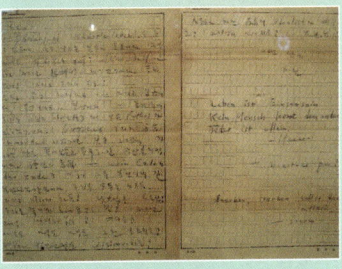

전혜린의 사진과 독일에서 유학할 때의 소회를 담은 《그리고 아무 말도 하지 않았다》의 표지, 그 아래는 전혜린의 자필 편지.

서울 경기여자고등학교에 다녔던 그는 그 시절을 신비롭고, 재미있었던 시절로 기억한다. 이유 없는 모순과 고뇌가 싹텄고 많은 것을 알고 싶었다고 했다.

그때 로제 마르탱 뒤 가르의 《회색 노트》를 읽고는 자크와 다니엘처럼 주혜라는 친구와 비밀 일기를 교환했다. 둘 다 작가를 지망하고 있었고, 드넓은 하늘을 얼마든지 날 수 있다고 믿을 만큼의 이상을 갖고 있었다.

그 열정의 시기, '동화의 나라와 현실 사이의 완충 지대'라 전혜린이 표현했던 그 시기!《회색 노트》의 자크와 다니엘의 뜨거운 우정과 삶에 대한 물음과 열정이 거기에도 번뜩이고 있었다.

나무도 성장통을 앓는다고?

"허벅지가 당겨요. 아파서 잠을 못 잘 때도 있어요."
"밤에는 다리가 아파서 자다가 깨기도 했는데, 아침이 되면 멀쩡하고……."
"운동을 많이 한 날에는 더 아파서 울기까지 한걸요."

사춘기에 있는 소년 소녀들, 그중에서도 특히 소년들이 말하는 성장통의 증상들이다. 하루가 다르게 부쩍부쩍 자라는 사춘기 시절에는 근육이 통증을 느끼는데, 이것을 성장통이라고 부른다. 사람에 따라서 미약하게 지나가기도 하고, 참을 수 없을 만큼 심하게 겪기도 하지만 몸이 한창 자라는 시절의 성장통은 대부분의 사람이 겪게 되는 통과의례라 할 수 있다.

그런데 이 시절엔 몸만 아픔을 느끼는 것이 아니다. 마음은 더욱 큰 격동을 겪는다. 세상 사람들이 다 비겁해 보이고 추해 보이는가 하면, 알 수 없는 설렘으로 울렁거리기도 하며, 괜스레 짜증이 나서 주변 사람들의 마음을 거슬리기도 한다.

재미있는 것은 사람만 성장통을 앓는 게 아니라고 한다. 나무도 성장통을 겪는다. 과일 나무를 보면 심은 지 3~4년까지는 키도 쑥쑥 자라고 열매도 잘 맺지만, 그 시기를 지나면서부터는 세심하게 보살피지 않으면 사람의 사춘기처럼 반항을 한다는 것이다.

뿌리는 흙 속에서 계속 자라지만, 보이는 부분의 가지는 가지치기로 잘려 나가 햇가지가 자라기 어렵게 된다. 이렇게 되면 과일이 잘 자라지 않을뿐더러 해충까지 많이 꾄다고……. 말하자면 그것이 나무의 반항인 셈이다.

위에서부터 살구나무의 꽃망울, 모과나무의 어린 열매, 붉게 물든 산수유 열매.

이렇게 나무에 자꾸 문제가 생기면 정성을 들여 돌봐 주는 것을 넘어, 다른 곳으로 이사를 시켜 주어 새로운 토양에서 자리 잡을 수 있게 해 주어야 한다나. 나무의 이 같은 모습을 변덕스러우면서도 왕성하게 자라는 청소년들의 모습과 꼭 닮은 것 같다.

서로 다른 두 소년의 세계

자크와 다니엘은 기질적으로 다르며, 두 집안 역시 큰 차이가 있다. 자크의 집안은 엄격한 가톨릭계로 아버지는 권위적이며 가부장적인 인물이다. 자크에 대한 애정을 갖고 있지만 아버지인 자신의 테두리를 벗어난 아들을 감화원에 보낼 만큼 가혹하며 엄격하다. 그는 자신의 명예를 최고로 여기며 그 명예에 흠집이 나서는 안 된다고 여긴다. 자신과 가문에 대한 우월 의식 또한 대단하다.

이같이 엄격한 아버지의 압제에서 숨 돌리게 해 줄 사람은 어머니일 것이다. 그러나 자크에게는 어머니가 없다. 자크는 늘 따뜻한 사랑을 갈구하고 사랑의 결핍을 느끼며 살아간다.

자크와 함께 이 작품의 축이 될 인물인 앙투안은 사려 깊고 이성적인 의사로 아버지의 신뢰와 기대를 한 몸에 받고 있다. 그는 아버지의 뜻을 거스르지 않지만 동생 자크에 대해서는 이해와 애정을 지니고 있다.

그렇다면 다니엘은 어떤가? 우아하고 자유로우며 기품을 지닌 퐁타냉 집안. 그들은 프로테스탄트 교도이다. 가톨릭이 정봉석인 종교라면 프로테스탄트는 거기에서 갈라져 나온 개신교로서, 권위에서 한결 자유로운 종교적 기풍을 가지고 있다. 어머니는 아들을 존중하고 아들의 행동을 너그럽게 헤아리는 교양 있는 부인이다.

로제 마르탱 뒤 가르의 초상화.

여동생 역시 오빠를 믿고, 그의 비밀을 지켜 주다가 마음의 병이 몸으로 번져 큰 열병을 앓는다. 그들은 다니엘을 무조건적으로 믿으면서도 서로를 구속하지 않는 바람직한 가족 관계를 형성하고 있다. 반면에 다니엘의 아버지는 이 여자 저 여자를 만나 바람을 피우는 난봉꾼이다. 수시로 다른 여자를 만나느라 집을 떠나 있다.

서로 다른 집안 분위기만큼이나 두 소년의 성격도 다르다. 자크는 억압된 삶을 사는 만큼 내면의 뜨거움을 발산할 기회가 없는 까닭에 뜨겁고 열정적이며 예술가적 기질을 지니고 있다. 그는 자신의 성격을 "과격하고 과장되고 환상적"이라고 표현한다. "가장 암담한 절망에 빠졌다가 가장 허황된 희망을 품는다."고도 말한다.

다니엘은 자애로운 어머니 밑에서 사려 깊고 진지한 성격으로 자란다. 그러나 그에게는 평소에는 보이지 않는 또 다른 면이 도사리고 있다. 따뜻하고 사려 깊은 어머니의 성품이 그의 표면에 흐른다면, 쾌락적이고 방종한 아버지의 기질 또한 공존해 있다. 가출했던 시기에 우연히 만난 연상의 여자를 통해 일찍 성을 알게 된 다니엘은 이어지는 2부와 3부에서도 그런 기질을 언뜻언뜻 보여 주곤 한다.

어쩌면 서로 상반된 가정 환경과 기질이 두 소년을 가깝게 만들었는지도 모른다. 아버지의 억압과 그로 인한 공포감 속에서 자크는 자기 집안과 다른 분위기 속에서 자란 다니엘에게 끌리게 되는 것이다.

아무튼 두 소년을 둘러싼 세계는 우리를 둘러싼 세계가 그렇듯 결핍되어 있다. 사회적 지위 속에서 위엄으로 가족을 이끌고 가는 티보 집안에는 성장기 소년의 감수성과 열정을 이해해 줄

프로테스탄트를 낳은 종교 개혁

종교 개혁은 1517년 마르틴 루터가 로마 가톨릭 교회를 비판하는 내용의 95개조 반박문을 발표하면서 시작된 일로, 현재의 개신교와 성공회가 로마 가톨릭에서 분리된 사건이다. 중세 말기에 인문학자들은 교회의 부정과 부패를 풍자하며 도덕적인 개혁을 부르짖었지만 그것으로는 역부족이었다. 그런 가운데 마르틴 루터가 비텐베르크 대학교의 교회당 정문에 95개 조에 달하는 반박문을 못 박은 사건은 로마 가톨릭의 유럽 지배 종식의 기점이 되었다. 루터는 중세의 신비주의적 경건과 예리한 지성으로, 중세 교회의 부정과 인위적인 가면을 벗기고 복음의 실체를 모든 사람에게 낱낱이 공개했다.

종교 개혁을 주도한 마르틴 루터.

유럽이 교황청의 억압으로부터 서서히 벗어나면서 인문주의도 더 활발해졌다. 이것은 훗날 문예 부흥(르네상스)을 불러왔다. 신학의 시녀로서 빛을 보지 못했던 철학이 과학적인 방법의 도입과 더불어서 독자적인 길을 걸어가기 시작했다. 그리고 자연 과학의 발달과 더불어서 무조건적인 신앙의 강요가 호소력을 잃었다. 신대륙의 발견과 더불어서 박해받던 유럽의 개신교 신자들에게 탈출의 기회가 마련되었으며, 지금까지 억압받던 노동자와 농민들이 제 몫을 찾기 위해서 조용한 시위를 일으키는 등 사회 전반에 걸친 새로운 양상의 변화가 일어났다.

공격을 받은 로마 가톨릭 내부에서는 조용하게 자신들에 대한 반성과 더불어서 개신교에 반격할 수 있는 철갑을 더욱 단단히 함으로써 내부 개혁을 실시해 쇄신하였다. 그러나 이후 기독교는 수백 개의 여러 종파로 분열되면서 종파 간 갈등을 가중시켜 신앙상 혼란을 일으켰다는 비판을 받기도 했다.

여기서 프로테스탄트(Protestant)는 종교 개혁의 결과로, 로마 가톨릭에서 분리해 나간 여러 기독교 종파를 두루 일컫는 말이다. 영문 명칭에서 보여지듯, 구습에 항의한다는 뜻에서 프로테스탄트 또는 프로테스탄트 교회, 개신 교회라고 불린다.

우리나라에서는 로마 가톨릭 교회에 대비하여 개신교라고 불리며, 20세기 초·중반에 쓰이던 신교, 구교라는 표현은 현재 거의 쓰지 않는다. 일부 개신교 신자들을 비롯한 많은 사람들은 기독교와 개신교가 같은 말이라고 잘못 생각하고 있는데, 기독교는 개신교만을 지칭하는 것이 아닌 모든 그리스도교, 즉 로마 가톨릭 교회(천주 교회), 성공회, 동방 정교회, 콥트 교회, 에티오피아 교회, 아르메니아 교회, 개혁 교회 등 예수 그리스도를 구세주로 고백하는 모든 종파를 아우르는 말이다.

수 있는 배려와 사랑이 없다. 풍족한 사랑과 이해와 교양 속에서 자라는 듯한 다니엘에게는 부도덕한 아버지가 있다. 그것은 또 하나의 결핍이다. 다니엘의 아버지는 가족을 돌보지 않고 자신의 쾌락만을 추구하고 있지 않은가.

그러나 두 소년의 모습을 보며 우리는 결핍이 우리를 몸부림치게 하고, 결핍이 있기에 성장한다는 생각을 하게 된다. 인생이란 무엇인가 모자랄 수밖에 없는 것이며, 그래서 사람들은 그 부족함을 채우려고 안간힘을 쓰고 있는 것이 아닌가. 그것이 성장이다.

자크와 다니엘이 가출했을 때 마르세유에서 툴롱을 향해 가던 두 소년이 바닷가에 이르는 장면이 있다. 그들은 바다에 도취되어 새파란 물을 잡으려고 달려간다. 그러나 좀처럼 잡히지 않는 바다……. 해변은 그들이 상상하던 부드러운 모래사장이 아니었다. 바위 더미들의 솟아오른 방파제 같았다. 파도는 바위에 부딪혀 물보라를 일으키고 있었다.

우리 앞에 펼쳐질 삶이란 그런 것인지도 모른다. 우리의 이상과 우리가 만나는 현실은 그들이 상상했던 바다와 그들이 만난

자크와 다니엘이 튀니스로 행선지를 바꾼 뒤 찾아가려 했던 툴롱 항. 툴롱은 프랑스 남동부 프로방스알프코트다쥐르 지방 바르 주에 있는 항구 도시이다. 프랑스의 주요 해군 기지로, 무기 공장과 조선소 등이 있다.

바다 같은 것인지도 모른다.

그래도 자크는 그 장엄한 광경에 감격하여 중얼거린다. "아아, 이 모든 것을 글로 다 표현할 수 있다면!" 그러면서 자기들이 가게 될 아프리카는 (끝내 못 가지만) 훨씬 더 아름다울 것이라고 생각한다.

아픔을 겪으면서 성장하는 우리. 삶이란 괴로운 듯하지만 아름다운 것! 격동 속에서 성장하는 자크나 다니엘 같은 이들의 삶이 어떤 결말에 이를지 모르지만 격동 뒤에 무엇이 올까 먼저 두려워할 필요는 없다. 다가오는 삶은 충분히 의미가 있고, 그 나름대로 찬란하게 아름다우니까.

아프면서 자라는 사람들

'성장(成長)'이라는 말은 이루고 자란다는 한자어이다. 몸과 마음이 가장 왕성한 변화를 겪으면서 자라는 시기를 성장기, 청소년기, 사춘기 등 여러 말로 표현한다. 그러다 보니 '질풍과 노도의 시기'라 부를 정도로 혼란과 방황과 저항의 시기를 보낸다.

때로는 극심한 고통을 느끼기도 한다. 자신을 둘러싼 세계에 대한 답답함 때문에 반항하기도 하고, 자신이 품고 있는 이상과 현실의 차이 때문에 괴로워하기도 하고, 사회가 자신의 순수함과 열정을 받아 주지 않아 힘들어하기도 한다. 이런 것들이 성장의 고통이다. 성장에는 왜 이렇게 고통이 따르는 것일까?

회색 노트에 자신들의 성장통을 담아내던 두 소년. 그들은 자신들의 우정을 색안경 쓰고 보는 어른들의 세계에서 탈출하여 또 다른 세계를 경험한다. 그것 역시 성장의 과정이었으며 성장

성장 소설 vs 대하 소설

《회색 노트》는 자크와 다니엘이라는 사춘기 소년들의 가출과 방황과 성장을 그려 낸 성장 소설이다. 동시에 한 가족을 중심으로 여러 인물들이 오랜 시간에 걸쳐 이루어 내는 삶의 이야기이며, 개인과 역사가 만나는 완만한 흐름의 대하 소설이기도 하다.

변화를 꿈꾸다, 성장 소설

성장 소설을 다른 말로 '교양 소설'이라 부른다. 주인공이 어린 시절부터 어른이 되기까지 자신의 인격을 완성해가는 성장 과정을 그린 소설이다. 그러나 "모든 소설은 엄밀한 의미에서 성장 소설이다."라는 말이 있다.

한 주인공이 자기 내면의 세계 속에서 또는 자신과 자신을 둘러싼 세계와의 갈등 속에서, 때로는 어떤 인물과의 대립을 겪으며 빚어지는 사건과 사건의 연속 속에서 변화되어 가는 이야기가 소설이기에 모든 소설은 성장 소설의 성격을 지니고 있다고 할 수 있다.

제롬 데이비드 샐린저의 성장 소설 《호밀밭의 파수꾼》.

포리스트 카터의 성장 소설 《내 영혼이 따뜻했던 날들》.

강물처럼 유유히, 대하 소설

1930년경부터 프랑스에서 많이 사용하게 된 긴 장편 소설의 형식을 가리키는 말로, 프랑스 어로는 roman-fleuve(거친 강과 같은 소설이라는 뜻). 앙드레 모루아가 이 명칭을 처음 사용했는데, 내용이 긴 강처럼 완만하게 흐르고 다양한 인물이 등장하는 긴 장편 소설인 셈이다.

로맹 롤랑의 《장 크리스토프 백작》, 로제 마르탱 뒤 가르의 《티보가의 사람들》, 프루스트의 《잃어버린 시간을 찾아서》 등이 이런 범주의 소설에 해당한다.

우리나라의 대하소설에는 김남천의 《대하》, 염상섭의 《삼대》, 채만식의 《태평천하》, 조정래의 《태백산맥》, 홍명희의 《임꺽정》, 황석영의 《장길산》 등의 가족사 소설과 역사 소설이 이 범주에 속한다.

조정래의 대하 소설 《태백산맥》.

통을 수반하고 있었다.

집을 떠난 두 소년은 또 다른 세계를 경험한다. 가정과 학교의 울타리에서는 가족이나 교사와의 갈등이 주로 내면의 고민이나 반항심으로 표현된다. 그러나 그 울타리를 넘어섰을 때는 온몸으로 맞부딪쳐야 한다.

그들이 처음으로 만난 것은 거친 세계이다. 어린 그들을 조롱하고 함부로 대하며 공포심을 주는 선원은 그들을 공포에 떨어 도망치게 만든다.

두 번째 만난 세계는 어른의 세계이다. 다니엘이 길에서 만난 여인은 다니엘에게 또 다른 세계인 성의 세계를 알게 해 준다. 엉겁결에 알게 된 이 세계는 다니엘에게 충격을 주었으며, 영원한 우정을 약속한 자크에게조차 말할 수 없는 은밀한 비밀을 갖게 만든다.

세 번째 만난 것은 죽음의 세계이다. 마르세유에서 툴롱으로 걸어가는 길에서 두 소년은 마차 사고를 보게 된다. 마차에 깔려 죽는 말을 보면서 자크는 모든 것이 흔들리는 것 같은 기분을 느끼며 실신한다.

그는 살아 있는 것 같은데 죽은 말의 시체에서 자신이 보았던 사람의 시체를 연상했다. 삶의 생동감과 우정의 환희, 이상과 현실 사이에서 고민하던 소년들은 가족과 학교라는 외부 세계와의 충돌에 이어 이제 내면과 정신의 고민을 넘어선 가족과 학교의 울타리를 넘어선 삶의 실체들을 만난 것이다. 그것은 고스란히 성장의 아픔이라 할 수 있다.

소년들이 극심한 성장통을 겪는 동안 그들을 둘러싼 사람들도 그들 나름의 아픔을 겪는다. 오빠의 가출 사실을 알고 있으면서도 약속 때문에 비밀을 지켜야 했던 다니엘의 동생 제니는 생사를 넘나드는 열병을 겪는다. 의사인 앙투안도 소생하기 힘들다고 진단할 정도였지만, 그레고리 목사와 어머니의 기도로 살아난다. 마음의 고통이었기에 마음으로 치유할 수밖에 없었던 것이다.

다니엘의 어머니도 또 다른 의미의 성장통을 겪고 있다. 아들의 가출 사건이 계기가 되어 남편을 찾는 과정에서, 남편의 외도를 알고 있었지만 더욱 확실하게 그 실상을 파악한다. 그녀는 남편의 삶의 태도가 아이들에게 좋지 않은 영향을 미치고 있음을 확신하며, 이전과는 달리 단호한 태도로 남편을 집 밖으로 내보낸다.

절망 속에서도 희망을 이야기한 작가, 로제 마르탱 뒤 가르

우알베르 카뮈는 로제 마르탱 뒤 가르를 가리켜 "자신을 짓누르고 있는 문제들을 문학에 전수하고, 문학에 대해 몇 가지 희망을 품을 수 있게 해 준" 작가라고 평하고 있다. 그가 문학에 담아낸 삶의 문제들은 무엇이었으며, 그가 보여 준 희망은 또 무엇이었을까? 때로는 허망하고 때로는 비관적인 듯하지만 삶은 지속되고 인생은 희망적임을 《티보가의 사람들》을 통해 멋들어지게 그려 낸 작가 로제 마르탱 뒤 가르.

그는 1881년 3월 23일, 프랑스의 노이쉬르센에서 태어났다. 페늘롱 초등학교를 거쳐 콩도르세 중학교를 다녔는데, 가톨릭계 학교인 페늘롱 초등학교에서의 경험은 뒷날 《회색 노트》에서 자크가 다닌 학교를 그려 내는 데 바탕이 되었다. 그는 1898년 소르본 문학 학사 과정을 준비하다가 입학 시험에 실패해, 1899년 파리 고문서 학교에 입학한다.

그곳에서 그는 '쥐미에쥬 수도원의 유적'에 관한 고고학 학위 논문을 제출했다. 고문서 학교에서 공부한 경험은 뒤에 방대한 자료를 모아 《티보가의 사람들》을 써 나가는 데 크게 보탬이 되었다.

로제 마르탱 뒤 가르가 태어난 프랑스 노이쉬르센 거리.

1906년 엘렌 푸코와 결혼하여 북아프리카에서 체류하다가 《성자의 일생》이라는 소설을 집필하다가 끝내 완성하지 못하고, 1908년 장편 소설 《생성》을 발표하며 문단에 데뷔했다. 그 뒤로 《장 바루아》,

로제 마르탱 뒤 가르가 다녔던 파리 고문서 학교의 도서관.

《오래된 프랑스》, 《아프리카 비화》 등의 소설과 〈르뢰 영감의 유언〉 등의 희곡을 발표했다.

뭐니 뭐니 해도 그의 대표작은 《티보가의 사람들》이다. 그는 이 작품을 집필하기 위해 파리 근교의 크레르몽으로 이사를 했고, 1922년 4월에 《회색 노트》를, 5월에 《감화원》을 출간했다. 1929년 《티보가의 사람들》 6부에 해당하는 《아버지의 죽음》을 출간한 뒤 다음 권을 준비했으나, 1931년 교통사고를 당하여 두 달간 병원에 입원한 상태에서 작품의 집필 방향을 수정하였다.

이후 제7부인 《1914년 여름》을 쓸 계획을 세우며 역사 자료 조사에 착수했다. 드디어 1936년 《1914년 여름》을 완성하고, 1937년에 이 작품으로 노벨 문학상을 수상했다. 스웨덴 한림원은 노벨 문학상 선정 이유로 "인간의 투쟁과, 현대 생활의 여러 단면들을 날카롭게 묘사한 힘찬 사실주의를 높이 평가"한다고 밝혔다.

《티보가의 사람들》의 완결판 제8부 《에필로그》는 이전 작품에서 언뜻언뜻 보이던 비관적 분위기를 희망과 새로운 출발로 마무리했다.

간첩으로 몰려서 허무하게 목숨을 잃은 자크의 죽음이 결코 헛된 것이 아님을 보여 준다. 자크와 제니 사이에 태어난 아들 장 폴이 바로 그 희망의 상징이다. 파리의 집으로 돌아온 앙투안은 자신의 죽음을 예견하고 있지만 폴을 통해 삶의 희망을 본다. 앙투안은 병마와 싸우면서 추억을 되새기며 삶의 의미를 묻는다. 작품의 맨 끝에 앙투안은 '장 폴'이라고 쓰고 있다.

이렇게 완성된 《티보가의 사람들》은 '최초의 앙가주망 소설', '사실주의 문학의 준령', '대하 소설의 효시', '신과 인간, 시대와 예술을 새기는 20세기 인간들의 위대한 벽화' 등으로 평가를 받는다.

제1차 세계 대전을 거치며 전쟁의 참혹함과 비극성을 그려 냈

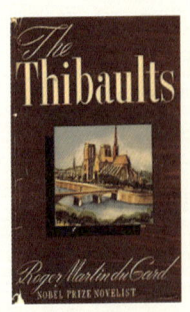 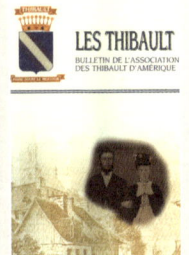  

《티보가의 사람들》 혹은 《회색 노트》라는 제목을 단 여러 판본들.

던 로제 마르탱 뒤 가르는 다시 한 번 제2차 세계 대전을 겪는다. 부인의 죽음을 맞기도 하고, 임종 직전의 앙드레 지드를 만나기도 한다. 그 후 제2차 세계 대전을 다룬 대하 소설 《모모르 대령의 회고록》을 집필하였으나 건강 상태가 많이 나빠졌다.

1958년 그는 병마와 싸우면서도 말로, 사르트르 등과 함께 알제리에서 벌어지는 고문에 항거하는 서명을 하고, 서한집을 간행할 준비를 하는 등 삶의 마지막 불꽃을 태웠다. 그 해 8월 22일, 심근경색으로 숨을 거둔 그는 니스 시미에 있는 묘지, 즉 부인 엘렌 옆에 조용히 묻혔다.

말년의 로제 마르탱 뒤 가르.

그는 노벨 문학상의 명성에도 불구하고 대중에게 그리 알려지지 못했다. 그러나 앙드레 지드는 '이십 년 후에는 반드시 진정한 평가를 받을 작가'라는 찬사를 보냈고, 알베르 카뮈는 '영원한 현대인으로 남을 작가'라고 평했다. 실제로 인생과 역사에 대한 그의 통찰은 점차 현대인들의 가슴속에 우뚝 솟아오르고 있다.

푸른숲
징검다리
클래식
0 2 5

회색 노트

첫판 1쇄 펴낸날 2009년 6월 1일
　　9쇄 펴낸날 2025년 4월 30일

지은이 로제 마르탱 뒤 가르　**옮긴이** 이충훈
발행인 조한나
주니어 본부장 박창희
편집 박고은 정예림 강민영
디자인 전윤정 김혜은
마케팅 김인진 김은희
회계 양여진 김주연

펴낸곳 (주)도서출판 푸른숲
출판등록 2002년 7월 5일 제 2003-000032호
주소 경기도 파주시 심학산로 10, 우편번호 10881
전화 031) 955-9010　**팩스** 031) 955-9009
이메일 psoopjr@prunsoop.co.kr　**인스타그램** @psoopjr
홈페이지 www.prunsoop.co.kr

ⓒ 푸른숲주니어, 2009
ISBN 978-89-7184-813-5　44860
　　　978-89-7184-464-9 (세트)

* 잘못된 책은 구입하신 서점에서 바꾸어 드립니다.
* 이 책 내용의 전부 또는 일부를 재사용하려면 저작권자와 푸른숲주니어의 동의를 받아야 합니다.